Olaf Nägele

Maultaschi Goreng

OLAF NÄGELE

Maultaschi Goreng

Muntere Geschichten aus dem schwäbischen Alltag

Silberburg-Verlag

Olaf Nägele ist 1963 in Esslingen geboren und hat nach langjährigen Aufenthalten in München, Stuttgart und Hamburg den Weg in seine Heimatstadt zurückgefunden. Wenn er nicht gerade hinter Büschen und Hecken seinen Protagonisten auflauert, um ihnen Charaktermerkmale oder ihre Geschichte zu stehlen, arbeitet er als freier Journalist und Werbetexter. Neben Veröffentlichungen in Anthologien und als Autor von Hörspielen für den SWR hat er sich vor allem durch seine satirisch angehauchten Lesungen bei einem kleinen, aber feinen Publikum einen Namen gemacht.

1. Auflage 2007

Umschlaggestaltung:
Uli Gleis, Tübingen.

Druck:
Druck- und Medienzentrum Gerlingen,
Gerlingen
Printed in Germany.

ISBN 978-3-87407-743-9

Inhaltsverzeichnis

Allein im eigenen Ländle: Sprechen Sie schwäbisch?

In Hamburg galt ich als Exot. Jeder, der meinen mundartlichen Einschlag, den ich zwar zu verbergen versuchte, aber offensichtlich nicht gut genug, geografisch richtig einordnete, begrüßte mich fortan mit »Hanoi« oder »Sodele«. In Gesellschaften wurde ich, meist zu fortgeschrittener Stunde und unter Einfluss von Alkohol, aufgefordert, doch etwas in meiner Heimatsprache zu sagen, und so wiesen die Anwesenden auf Gegenstände, die ich zu benennen hatte. Mit jeder Begrifflichkeit wuchs das Vergnügen, und je weniger meine Gegenüber verstanden, desto brüllender war das Gelächter.

Auch wurde ich nicht davon verschont, überall und zu jeder Zeit das Klischeemäntelchen, das eigentlich nur dem Schwaben passt, übergestreift zu bekommen. Kaum hatte ich meine Weigerung ausgesprochen, nicht auch noch die dritte Lokalrunde zu spendieren, schallte auch schon »Alter Schwabe« durch den Raum. Man wollte mir keinen Glauben schenken, dass mein Fahrzeug aus dem fernen Japan und nicht aus Stuttgart-Sindelfingen stammte und wunderte sich mehr als einmal darüber, dass ich Spätzle nicht zu meinen Lieblingsspeisen zählte.

Und was mich, retrospektiv betrachtet, am meisten wunderte, war, dass ich in den gesamten sieben Jahren nur Hamburger kennen lernte, die in Hamburg geboren und aufgewachsen waren, in Hamburg lebten, arbeiteten und wiederum nur mit Hamburgern Kontakt hatten.

Als ich wieder in heimatlichen Gefilden meine Zelte aufschlug, durch die engen Gassen meiner kleinen Stadt schlenderte und nach vertrauten Klängen lauschte, wähnte ich mich mehr in der Ferne als je zuvor. Kein »Grüß Gott« oder »Ade« drang an mein Ohr, kein »Awa« oder »jessasmäßig« erhellte mein Gemüt. Um mich herum brabbelte und rumorte es in allen Mundarten der Republik, nur Schwäbisch war nicht dabei.

In meiner Verzweiflung telefonierte ich die Nummern alter Freunde ab. Lebt hier nicht mehr, ist weggezogen, schon lange nichts mehr von ihm/ihr gehört, lauteten die Absagen unisono. Ich suchte Orte auf, die mir in der Jugend Kurzweil boten, doch längst schon hatten sich Griechen, Italiener, Spanier, Portugiesen, Inder, Chinesen, Libanesen, Irokesen, Serben, Kroaten, Slowenen, Slowaken, Bosnier, Herzegowiner und Extraterraner dieser Stätten angenommen, um sie landestypisch herzurichten. Landestypisch in deren Sinne, versteht sich. Schön anzuschauen, ohne Zweifel, aber so ganz und gar nicht das, was ich suchte. Daran änderte auch die Tatsache nichts, dass jeder von ihnen Maultaschen in einer dem jeweiligen Herkunftsland entsprechenden Variation anbot. Wer mag schon Maultaschi Goreng?

Meine Hoffnung galt der neuen Arbeitsstelle. Der schwäbische Fleiß war doch immer ein hoch gelobtes Attribut, hier musste ich sie doch finden, meine Artgenossen. Doch bereits der Pförtner, der mich in astreinem Sächsisch empfing, ließ die Hoffnung schwinden. Frau Peraric, meine Abteilungsleiterin, erwarte mich bereits, teilte er mir mit, und kurz darauf hatte ich auch das Vergnügen, Herrn Rütli, den Geschäftsführer, kennen zu lernen. Meine Frage, wie viele Schwämmles, Hägeles und Scheuffeles in dem Unternehmen beschäftigt seien, blieb von ihm unbeantwortet. Er musste sich um den bayerischen Kurier kümmern, der ein Paket abgeben wollte.

So blieb ich denn auch unter meinen Kollegen aus Kiel, Hannover, Bergisch-Gladbach, Erfurt und Würzburg der einzige Einheimische. Was mir allerdings einen gewissen Respekt einbrachte. Da sie nicht mit den lokalen Gebräuchen und Riten vertraut waren, behandelten sie mich wie ein rohes Ei, stellten vorsichtig ihre Fragen zu Land und Leuten. Ich fühlte mich wie der Hüter einer verborgenen Kultur, wie ein Weiser aus dem Schwabenland, wie das Orakel vom (Wein-)Berge. Alles wusste ich nicht zu beantworten, so erfand ich das eine oder andere Kuriosum, das die Unerfahrenen mit Staunen ob meines Traditionsbewusstseins aufnahmen. Ich erklärte ihnen, dass die »Kehrwoche« von Albert Kehr und seiner Familie erfunden wurde, drei Generationen unter einem Dach, die sich wöchentlich mit dem Reinigungsprozess des Anwesens abwechselten.

Auch die Geschichte vom Daimlerstern, der sich aus den Zeigern einer Uhr zusammensetzt und die Arbeitszeit bei dem Automobilhersteller anzeigt, kauften sie mir ungeprüft ab. Die linke Hälfte zeige den Arbeitsbeginn 8 Uhr, klärte ich sie auf, die rechte das Arbeitsende 16 Uhr. Daher leite sich auch die bekannte Regel »Kein Bier vor vier« ab. Zufrieden nickten meine gutgläubigen Kollegen und wiesen auf Dinge, die ich auf Schwäbisch benennen sollte. So hatten wir alle unseren Spaß.

Dennoch war ich frustriert, und auch meine Hamburger Lebensgefährtin vermochte mich nicht zu trösten. Wir gingen auf Partys, um Anschluss zu finden, doch die Aktionen schlugen fehl. Es läge an mir, sagte meine Partnerin. An mir und meiner Art Leute zu begrüßen. Ich wiederum bin nach wie vor der Meinung, dass die Frage »Sprechen Sie schwäbisch?« eine unverbindliche Gesprächseröffnung ist.

Lange kann dies nicht mehr gut gehen, erste Anzeichen dafür, dass ich meine eigene Kultur verliere, gibt es schon. Neulich stand ich beim Metzger und mir fiel partout das Wort »Floischkiachle« nicht ein. So zeigte ich denn mit dem Finger auf die Klöpse in der Theke, worauf mir der Fleischfachverkäufer berlinerisch antwortete: »Ach, die Bulette willste haben. Sach det doch gleich.«

Ich gebe die Hoffnung nicht auf. Ich bin mir ziemlich sicher, dass es neulich bei uns im Hausflur nach Rostbraten gerochen hat. Ich konnte nur nicht herausfinden, woher der Duft kam. Aber ich muss zugeben: Es hätten auch genauso gut Cevapcici sein können. Oder Gyros. Oder Labskaus. Denn wer soll hier noch Rostbraten machen?

Weinwanderung wider Willen

Jahrzehntelang konnte ich mich erfolgreich darum drücken, an einer Weinwanderung teilzunehmen. Die Vorstellung, sich mit Tausenden einen Weinberg hochzuquälen, um dort aus Fingerhüten Rebensaft in sich hineinzuschütten, bis Zweckfreundschaften geschlossen sind, mit denen man Arm in Arm ins Tal wankt, verursachte mir auch ohne Alkoholeinfluss starke Kopfschmerzen.

Von meinem Küchenfenster aus konnte ich die Öchsle-Pilger zu ihren Wallfahrtsorten schreiten sehen. Wie Ameisen bevölkerten sie den Weinberg und steuerten die kleinen Zelte an, um dort johlend und gackernd die Erzeugnisse der ansässigen Winzer zu vernichten. Hin und wieder trug der Wind Klänge herüber – musikalische Stimmungsbilder, inbrünstig, wenn auch nicht immer tonal vorgetragen. Fassungslos sah ich zu, wie an den oberen Ständen einige Winzlinge die offiziellen Strecken verließen und zwischen den Rebstöcken die Hänge hinunterkullerten. Später in der Stadt traf ich die Wanderer dann in Originalgröße wieder. Die Wangen und die Nasen purpurn eingefärbt, leicht schielend und mit mangelhafter Koordination des gesamten Bewegungsapparates polterten sie an mir vorbei oder winkten mit ihren Probiergläschen, die in albernen kleinen Ledertäschchen um ihren Hals baumelten. Ein sinnvolles Gespräch schien weder gewollt noch möglich zu sein. Unverständliches brabbelnd zogen sie an mir vorüber, um sich in einer urbanen Lokalität den Promille-Blattschuss zu geben.

So wollte ich in meiner Heimatstadt nicht gesehen werden. Schließlich war es mein Ziel, hier in Würde zu altern und mir den Ruf eines unbescholtenen Bürgers zu erhalten.

Wenn mich jemand anlächelte, dann sollte dies aus Sympathie geschehen und nicht mit dem bösen Hintergedanken: »Ich weiß, was du in den Weinbergen getan hast.«

Leider habe ich dieses Lebensziel verfehlt, denn ich wurde meiner Unschuld beraubt. Eines Tages kamen Freunde meiner Lebensgefährtin aus Hamburg zu Besuch, die unbedingt darauf beharrten, etwas Urig-Schwäbisches zu erleben. Während ich mir noch den Kopf zerbrach und mir Routen auf der Schwäbischen Alb zurechtlegte, kam mir mein Herzblatt zuvor.

»Super, es ist doch Weinwandertag«, hörte ich sie sagen und in gereiztem Unterton fügte sie hinzu: »Das wollte ich schon immer mal mitmachen, aber mit diesem Muffelkopp ist daran nicht zu denken.«

Widerspruch regte sich in mir, doch bevor ich auch nur ein Argument vorbringen konnte, hatte sie schon den Telefonhörer in der Hand, um unsere amerikanischen Freunde Kurt und Sylvie sowie unsere bayerischen Nachbarn Robert und Elli einzuladen. In der Gruppe sei so ein Ereignis doch viel lustiger, erklärte sie. Verstehen Sie mich nicht falsch: Ich mag unsere Freunde, auch wenn sie mit den heimischen Gepflogenheiten wenig bis gar nicht zurecht kommen und immer wieder daran herummäkeln, wie verbohrt, wie miesepetrig, wie unkommunikativ der Schwabe doch sei. Ständig stehe ich als einziger Vertreter des hiesigen Volksstammes in der Kritik, muss mich für Dinge rechtfertigen, die überhaupt nicht in meinen Zuständigkeitsbereich fallen. Und nun wurde von mir auch noch verlangt, den Fremdenführer für sieben völlig Ahnungslose zu geben und sie zu einer Veranstaltung zu geleiten, die ich unter normalen Umständen niemals aufgesucht hätte. Einen Moment dachte ich daran, auszuwandern.

Es gab kein Entkommen und so trafen wir uns am festgesetzten Tag bei angenehmen Temperaturen, wenn auch unter bewölktem Himmel. Am Ausgangspunkt der Weinwanderung, einer kleinen Kelterei, nahmen wir den Plan des Rundwegs in Empfang und erhielten eine kurze Unterweisung.

»An jedr Statio kriagat Se en Schtembl, wenn Se en Wein trinkat. Wenn Se vier Schdembl hen, kriaget Se em Ziel a Iberraschong.«

Wir übersetzten kurz ins Englische, dann ins Deutsche und zogen los. Vor allem die Erwähnung der Überraschung setzte ungeahnte Energien bei unseren Wanderfreunden frei und so raste die Gruppe den Berg hinauf, als ginge es darum, den ersten Stand noch vor einer potenziellen Konkurrenz zu erreichen. Nach fünf Minuten strammen Marsches kamen wir oben an.

»Was wollt ihr trinken?«, fragte ich meine Begleiter.

»Jo, a Bia wär net schlecht«, antwortete Robert und erntete nicht nur von seiner Frau, sondern auch von allen Umstehenden einen bösen Blick. »War ja bloß an Dschog«, sagte er kleinlaut und zuckte die Achseln.

»Also hier an dem Stand gibt es den Schwingheimer Klöppler oder den Hinterheimer Butterbeißer.« Ich sah in ratlose Gesichter.

»What's the difference?« fragte Sylvie und erwischte mich damit auf dem völlig falschen Bein. Mit Weinen kannte ich mich gar nicht aus.

»50 Cent pro Glas«, witzelte ich, wohl wissend, dass ich drauf und dran war, in die Klischee-Falle zu treten.

»Jo, dann nimm i an Klöppler«, beschloss Robert und alle stimmten zu. Der Einfachheit halber bestellten wir eine ganze

Flasche für alle. Ein Fehler, wie sich nach dem ersten Schluck bereits herausstellte.

»Alles klar«, sagte ich zu dem jungen Mann hinter dem Tresen, als ich meine Mundmuskulatur wieder bewegen konnte. »Sagen Sie uns Bescheid, wenn die Salate fertig sind. Den Essig haben wir schon. Oder sollen wir anfangen, die Toiletten damit zu reinigen?«

Seinen wütenden Protest hörte ich nur noch von fern, denn meine Lebensgefährtin hatte mich bereits aus der Ohrfeigen-Gefahrenzone bugsiert.

Es fing an zu regnen.

»Mist«, sagte mein Goldstück, »wir haben die Schirme im Auto vergessen.« Und schon befand ich mich auf dem Rückweg – schließlich konnten wir es den Gästen nicht zumuten, nass zu werden. Das heißt, ich hätte es gekonnt.

Am dritten Stand holte ich die Gesellschaft wieder ein und wurde johlend begrüßt.

»Jo mei, wia schaugst du denn aus? Bist hergschwumma?«

Robert lallte schon leicht, deshalb verzichtete ich darauf, ihn zu würgen.

»Oh, an der zweiten Station hast du etwas versäumt. Wir hatten da einen Waldentaler Glockenschmelzer, das war vielleicht ein toller Wein. Sagenhaft.«

Meine Lebensgefährtin leckte sich genussvoll über die Lippen und schnalzte mit der Zunge.

»Und hier gibt es einen Roten, Niederstättner Unkenblut. Probier mal.« Ich nahm ihr das Glas ab, erreichte jedoch nicht mein Ziel, denn als ich eben meine Lippen benetzen wollte, traf mich eine Dampframme in den Rücken und ich verschüttete den Inhalt über mein ohnehin schon durchnässtes Hemd.

»Ha, des isch doch dr Hannes, odr net?«, brüllte mich ein Hüne an und riss das Maul zu einem donnernden Lachen auf, das ihm gleich drauf im Halse stecken blieb.

»Au noi, i han Sia verwechselt«, sagte der Riese und wandte sich ab. Wie gern hätte ich sein Blut anstatt des Unkenblutes auf dem Hemd gehabt, doch er spielte ganz eindeutig nicht in meiner Gewichtsklasse. Zwei Sekunden dachte ich daran, mir Nachschub von dem edlen Tröpfchen zu ordern, als ein spitzer Schrei meine Aufmerksamkeit forderte.

»Shit! I forgot to get my Stempel last time«, klagte Sylvie und sah ihr Kärtchen traurig an.

»Bad luck, girl«, zog Kurt sie auf. »Now you can't get the surprise.«

Sylvie sank förmlich in sich zusammen, schrumpfte auf Traubengröße und wäre wahrscheinlich von einer Krähe aufgepickt worden, wenn ich mich nicht erbarmt hätte und für sie zum zweiten Stand zurückgegangen wäre. Ich habe es für die schwäbisch-amerikanische Völkerverständigung getan.

Als ich am vierten Stand wieder zu meiner Gruppe stieß, war die Party schon voll im Gange. Die Hamburger hatten sich zu einem Akkordeonspieler gesellt und sangen die Shanties mit, die er zum Besten gab. Sylvie und Kurt führten eine Polonaise durch die Weinstöcke an und Robert besiegte den Bären von Stand drei im Fingerhakeln. Meine Herzallerliebste lehnte süffisant lächelnd am Tresen und beobachtete das Treiben mit verschwommenem Blick. Es dauerte einen Moment, bis sie mich erkannte, dann jedoch erhellte sich ihre Miene und sie hauchte mir »Tolle Weiwannerung, was?« zu. Ich nickte und überflog den Aushang mit den Weinen. Das »Seeheimer Zuckerschnäuzle« hätte ich gern probiert, doch mit dem Schlachtruf »Surprise, here I come« eilte Sylvie ins Tal und alle anderen folgten ihr.

Die Überraschung bestand übrigens in einer Füllung des Gläschens mit Rübenacker Goldwasser. Meine Begleiter brachen bereits nach dem ersten Schluck in Jubelarien aus und die winzige Pfütze, die meinen Gaumen erfreuen durfte, bevor mir mein Süßherz ihr Glas entriss, mundete fürwahr vorzüglich.

»Hol dir ssselber dein Gollwasser« grantelte sie mich an, bevor sie die Köstlichkeit hinunterstürzte und das Glas hinter sich warf. Genervt zog ich mein Wanderkärtchen hervor, das nur einen einsamen Stempel trug. Zu wenig für eine Überraschung, so viel war klar. Aber dieses Goldwasser wollte ich mir nicht entgehen lassen, der Preis sollte in diesem Fall keine Rolle spielen.

»Oh, da hen Se Pech«, erläuterte mir der ältere Herr am Weinstand freundlich.

»'s Goldwasser isch grad aus. Aber wartet Se. i hätt da no a anders Super-Tröpfle.«

Ich hatte es ja eingangs erwähnt. Es wäre schön gewesen, wenn mich meine Mitmenschen als angenehmen Zeitgenossen in Erinnerung behalten hätten und nicht als eine reißende Furie mit Schaum vor dem Mund, die einen alten Mann dazu zwingt, die Flasche Schwingheimer Klöppler, die er mir so vollmundig angepriesen hatte, auf ex auszutrinken. Nun ist es zu spät, mein Image ist angekratzt, alle wissen, was ich in den Weinbergen getan habe. Ich bin sicher, dass auch mir irgendwann Butterbeißer, Glockenschmelzer, Unkenblut, Zuckerschnäuzle oder Goldwasser die Kehle hinunterrinnen werden. Vielleicht schon auf der nächsten Weinwanderung – einen Versuch ist es wert.

Em Vorbeilaufa: **Älles gschwätzt**

Einmal im Jahr feiert sich meine kleine Stadt selbst und lädt alle Bürgerinnen und Bürger ein, mitzufeiern. Die lassen sich nicht lange bitten, denn immer wenn Kurzweil geboten wird und das auch noch »omasoschd«, lassen die Bewohner meiner kleinen Stadt Kehrwoch Kehrwoch sein – zuweilen bleibt selbst das »Heilix Blechle« ungesäubert – und strömen in Scharen herbei. Einmal im Jahr gönnen sie sich den Luxus, Zeit zu haben, die sonst so Fleißigen, und so bummeln sie durch die Straßen und Gassen und ein Hauch von Laisser-faire umweht ihre Nasen.

Für Unterhaltung ist ebenfalls vortrefflich gesorgt – bei einem Fest wie diesem lassen Vereine und Schulen sich nicht lumpen und entsenden noch unentdeckte Talente. Das ganze Jahr wird auf dieses Ereignis hin trainiert und dann will man auch naschen vom Brot des Künstlers. Satt werden sie alle. Wohlwollend werden sie beklatscht, die staksig vorgetragenen Choreographien vom Kinderballett und die Zaubertricks aus einer Zeit, in der Houdini noch ein Junge war. Amüsement ist Trumpf. Da muss es einer schon drauf anlegen, die gute Laune zu verderben. Was durchaus vorkommen kann ...

Mann 1: *(zum Vordermann)* He!
Mann 2: *(dreht sich leicht um)* Was?
Mann 1: *(zeigt nach unten)* Ha do!
Mann 2: *(sieht nach unten)* Ha wo?
Mann 1: *(zeigt energisch nach unten)* Ha do halt.
Mann 2: *(zuckt die Achseln)* Was isch do?
Mann 1: *(sieht Mann 2 strafend an)* Ha no, guck halt.

Mann 2: *(erwidert unschuldig den Blick)* Ha, i säh nix.

Mann 1: *(leicht gereizt)* Ha, do onde halt.

Mann 2: *(erkennt die Sachlage)* Ah so, do onde.

Mann 1: *(vorwurfsvoll)* Ha ja, also gell.

Mann 2: *(entschuldigend)* Ha no. Nix fir oguat, gell.

(Eine Frau stand während des Dialogs neben Mann 1, sah ihn neugierig an und fragte nun leise:)

Frau: Was war?

Mann 1: Ha, do. Der do. Auf meim Fuaß.

Frau: *(schüttelt den Kopf)* Do auf deim Fuaß?

Mann 1: *(nickt)* Ha ja, auf meim Fuaß.

Frau: Omeglich.

Mann 1: Ond no dät der no 's Diskutiera ofanga.

Frau: Gibt's des au.

(Sie wendet sich wieder der Bühne zu, dort sind die Musiker in Position gegangen, der Sänger begrüßt das Publikum.)

Frau: Guck, i glaub 's goht los.

Mann 1: I gang hoim.

Frau: *(knufft Mann 1 in die Seite)* Ha, jetzt komm.

Mann 1: Isch doch wohr.

Frau: Sei so guat.

Mann 1: Wega dem.

Frau: Jo, jetzt ...

Mann 1: A wa!

Frau: Pschd.

(Mann 1 grummelt nur noch Unverständliches, die Frau fängt an, sich im Rhythmus der Musik zu bewegen.)

Wenn der Nachbar zweimal klingelt ...

Das Telefon klingelte an diesem Tag bereits zum fünfzigsten Mal und riss mich erneut aus meinen Gedankengängen. Entnervt nahm ich ab und brummte meinen Namen in die Muschel. Am anderen Ende der Leitung meldete sich Ilona aus der Buchhaltung.

»Du, ich habe hier einen Beleg von dir gefunden, den ich nicht zuordnen kann. Datiert auf den 15. August 2004.«

Ich kann zwar behaupten, dass mein Langzeitgedächtnis durchaus intakt ist, doch mit dieser Frage schoss die kleine Rechenschieberin über ihr Ziel hinaus. Das besagte Datum lag schließlich schon mehr als zwei Jahre zurück. Sie hätte mich genauso gut nach dem Wetter von damals fragen können.

»Ich war mit dem Bundeskanzler bei McDonald's«, grantelte ich sie an.

»Nö, das kann nicht sein«, tönte es keck am anderen Ende der Leitung. »Irgendwie geht es um Dekoration oder so etwas. Warte mal. Ja, genau. Dekoration. Für sieben Euro und vierzehn Cent.«

»Wir hatten falsche Bärte angeklebt und Papphüte aufgesetzt. Zufrieden?«

»Aha, Bewirtungskosten also. Danke.«

Ich war sprachlos. Nicht, weil die junge Buchhalterin die Ironie meiner Geschichte nicht durchschaut hatte, sondern aus einem viel einfacheren Grund. Wegen läppischer sieben Euro und vierzehn Cent hatte ich zum wiederholten Male den Faden verloren, den ich nun mühsam wieder aufnehmen musste – mein Strategiepapier über die Kundenbindungsmaßnahmen, dessen Abgabetermin in bedrohliche Nähe gerückt war. So konnte ich nicht vorankommen. Immer wieder wurde ich gestört, von Kollegen wie Ilona, die nur kurz eine Frage beantwortet haben wollten und nicht ahnten, welchen Schaden sie damit anrichteten. Sie brachten mich im wahrsten Sinne des Wortes aus dem Konzept.

Ich fand nicht die Zeit, diesen Umstand zu bemängeln, denn das unbarmherzige Folterinstrument auf meinem Schreibtisch forderte erneut Aufmerksamkeit. Meine Abteilungsleiterin Rebekka war dran.

»Es gibt eine kleine Änderung im Zeitplan. Ich brauche die Präsentation über die Kundenbindungsmaßnahmen bereits übermorgen. Die Geschäftsführungssitzung wurde vorverlegt«, säuselte sie.

»Übermorgen? Aber du hattest doch gesagt, ich hätte noch eine Woche Zeit. Das schaffe ich doch niemals.« Meine Stimme überschlug sich leicht.

»Tut mir leid. Aber ich bin auch erst vor einigen Minuten über die Verlegung informiert worden. Du hast ja immerhin noch 48 Stunden. In dieser Zeit wurden schon ganz andere Schlachten gewonnen.«

Sie wieherte kurz aufgrund der zackigen Formulierung, die sie wahrscheinlich ihrem Lieblingsbuch »Guerilla Marketing« entlehnt hatte. Einen Augenblick lang meinte ich, den Geruch von Schwefel und Pulverdampf wahrzunehmen.

So läuft das in Unternehmen, die nach amerikanischem Muster geführt werden. Da duzt man sich zwar auf allen Ebenen, vom obersten Geschäftsführer bis zum Büroboten, und demonstriert damit nach außen ein freundschaftliches und humanes Arbeitsklima. Die Wirklichkeit sieht jedoch ganz anders aus. Denn jeder ist nur auf seinen eigenen Vorteil bedacht und versucht, sich unter Zuhilfenahme von Maßnahmen durchzusetzen, die normalerweise Amnesty International auf den Plan rufen würden.

Wieder tanzte der Hörer auf der Gabel und einige Sekunden lang beobachtete ich dieses Schauspiel. Ich nahm ab. Kollege Martin wollte wissen, ob ich mich an einem Geburtstagsgeschenk für irgendeinen Thomas beteiligen wolle.

»Nur, wenn es sich um eine Wiedergeburt handelt«, brüllte ich.

Es war genug. Ich packte meinen Laptop und meine Aufzeichnungen, nahm meine Jacke vom Haken und verließ das Büro. An Rebekkas Zimmertür angekommen, nahm ich Haltung an, klopfte und trat ein, ohne eine Antwort abzuwarten. Erstaunt sah sie mich an.

»Ich gehe jetzt nach Hause. Denn in diesem unorganisierten Umfeld ist es mir unmöglich, das Konzept termingerecht fertigzustellen. Ich beantrage zwei Home-Office-Days. Ich denke, das ist auch in deinem Sinne.«

»Kein Problem. Manchmal ist es besser, wenn man die Front in die eigenen Gefilde verlegt. Raus aus der Schusslinie, wie ich immer sage.«

Sie wieherte wieder ihr überdrehtes Lachen und schlug die Hacken zusammen. Ich machte, dass ich rauskam – war ihr über Nacht ein kleines Bärtchen gewachsen? Irgendjemand musste ihr das Buch wegnehmen.

Mit einem kleinen Lied auf den Lippen fuhr ich nach Hause. Ich freute mich auf die Aufgabe, die ich in der Stille meiner Wohnung mühelos erledigen wollte und vor allem darauf, keine zeitraubenden Fragen beantworten zu müssen.

In den eigenen vier Wänden angekommen, schloss ich den Computer an und betrachtete die Seiten, die ich bereits geschrieben hatte. Sofort schossen mir neue Ideen durch den Kopf, meine Finger flogen über die Tastatur und als ich das nächste Mal auf die Uhr blickte, war ich überrascht, dass es bereits kurz vor Mitternacht war. Meine Arbeit war ein gehöriges Stück vorangekommen. Zufrieden begab ich mich zu Bett.

Am nächsten Morgen wurde ich von den Sonnenstrahlen, die durch die heruntergelassene Jalousie in mein Schlafzimmer drangen, geweckt. Der Wecker auf meinem Nachttisch zeigte sieben Uhr dreißig. Ich zog die Jalousie hoch, öffnete das Fenster und atmete die Morgenluft tief ein. Was für ein Tag, welch grandioses Wetter! Heute musste ich nicht ins Büro hetzen, sondern konnte in Ruhe gleich nebenan mit meiner Arbeit beginnen. Ich fühlte eine ungeheure Energie in mir hochsteigen und war voller Tatendrang.

»Wie wäre es mit Joggen?«, schlug ich mir selbst vor und befand mich nur wenige Minuten später auf der Strecke.

Als ich zurückkam, traf ich Frau Seybold, meine Nachbarin, im Hausflur. Neugierig sah sie mich an, erwiderte meinen Gruß und schickte die Frage hinterher: »Sooo, hemmer heit Urlaub?«

Das war typisch für die Bewohner unseres Hauses, die ein Leben lang nichts anderes kennen gelernt hatten als ihren schwäbischen Alltag. Und da gab es eben nur zwei Dinge: Entweder man geht »schaffa« oder »mr hot Urlaub«.

»Nein, ich arbeite ein paar Tage zu Hause«, gab ich bereitwillig Auskunft und ignorierte ihr verkniffenes Lächeln und ihr leises »Soso?«

Ich begab mich unter die Dusche und hatte mich gerade eingeseift, als es an der Tür klingelte. Ich erwartete niemand. Niemand wusste, dass ich zu Hause war, also konnte es kein wichtiger Besucher sein. Ich beschloss, meinen Reinigungsprozess fortzusetzen. Es klingelte erneut. Wenn es nun der Postbote war, der ein Paket für mich abgeben wollte? Nein, ich hatte nichts bestellt, Weihnachten war noch weit, auch die Ankunft eines Einschreibens oder Telegramms schloss ich aus. Postbote hin oder her – ich weigerte mich, die Dusche zu verlassen.

Wieder Klingeln, gefolgt von einem Pochen und einem lauten »Hallo«.

Ich gebe zu, nun trieb mich die Neugier doch an die Tür. Ich wollte einfach wissen, wer so dreist und unverfroren war, derartig unnachgiebig Einlass zu fordern. Ich schlang ein Handtuch um meine nassen Hüften, ging zur Tür und öffnete sie einen Spalt.

Frau Seybold stand im Hausflur, betrachtete mich von oben bis unten und ein Anflug von Schamesröte färbte ihre Wangen.

»Jetzt missat Se scho entschuldiga«, fing sie an, »i wollt gwias et stera. Aber es isch halt so: I miasst zum Arzt ond mei Bua kommt glei hoim. Ond der Lauser hot dr Schlissel vergessa.«

Nun habe sie »dengt«, dass »dr Bua« den Schlüssel doch bei mir holen könne – schließlich sei ich ja zu Hause. Sie würde ihm dann einen Zettel schreiben, dass er bei mir läuten solle, und ihn an der Haustüre platzieren.

»Aber bloß, wenn's koine Omstänď macht«, schloss sie ihre Ausführungen. Nun, die Erfahrung hatte mich gelehrt, dass sich unterlassene Nachbarschaftshilfe in den seltensten

Fällen auszahlt. Außerdem fing ich an zu frieren. Demnach stimmte ich ihrem Plan zu und nahm den Schlüssel in Empfang. Sie musterte mich nochmals von oben bis unten, wobei ihr Blick für meinen Geschmack ein wenig zu lang auf dem Badehandtuch weilte. Sie wechselte nochmals die Gesichtsfarbe und ging von dannen.

Ich hatte den Computer gerade angeschaltet, da ertönte erneut die Türglocke. Konnte das schon Seybold junior sein? Ich öffnete die Tür und spähte hinaus. Ein junger Mann in der Uniform eines Paketdienstes stand mir gegenüber.

»Hallo, ich hätte da eine Lieferung für Weber, aber da macht niemand auf. Könnten Sie das annehmen?«

»Von mir aus.«

Er tippte etwas in eine seltsame Apparatur, die aussah wie ein Instrument, das man benötigt, um Steine auf ihre geologischen Bestandteile zu überprüfen, und hielt es mir nach dieser Prozedur mitsamt einem Plastikstäbchen hin. Ich sah ihn fragend an.

»Sie müssen den Empfang quittieren.«

Ich versuchte, mit dem Plastikstäbchen auf dem Display meinen Namen zu schreiben, brachte aber lediglich etwas zustande, das auf den ersten Blick aussah wie die Unterschrift Tutanchamuns. Mister Paketdienst schien es gleichgültig zu sein. Er dankte und zog ab.

Sekunden später klopfte es abermals. Der junge Mann in Uniform hatte etwas vergessen.

»Soll ich eine Benachrichtigung in den Briefkasten bei Webers werfen? Ich meine, damit sie wissen, dass sie das Paket bei Ihnen abholen können.«

Ich bejahte, er schlurfte davon, ich schloss die Tür.

Die nächste halbe Stunde hatte ich Ruhe, dann landete in der Wohnung über mir ein Düsenjäger, der zu meinem Verdruss die Triebwerke laufen ließ. Beim näheren Hinhören bekam das Gedröhne musikalische Strukturen – ein presslufthammerartiges Schlagzeug donnerte über infernalische Gitarren hinweg und wurde von einem heiseren Röcheln, das nach angeschossenem Mammut klang, begleitet. Offensichtlich war die Schule für einige Hausbewohner früher zu Ende gegangen – ich sah auf die Uhr, es war noch nicht einmal elf. Zehn Minuten hielt ich dem Angriff auf meine Gehörgänge stand, dann nahm ich meinen Laptop und zog auf den Balkon um. Umgeben von dem fröhlichen Gezwitscher der munteren Vogelschar ging ich erneut an mein Werk, das ich seiner Vollendung immerhin zwei Sätze näher brachte.

Dann klingelte jemand Sturm. Offensichtlich hatte es »dr Bua« eilig, die elterlichen Gefilde zu erreichen. Ich riss die Tür auf und sah mich einem kahl geschorenen Hünen gegenüber.

»Hallo, ich mach hier gerade eine Umfrage. Haben Sie Zeit?«

Hatte ich nicht, doch das wagte ich nicht zu äußern. Der Typ hätte mich ohne weiteres zwischen Daumen und Zeigefinger zerquetschen können. Da ich ihm die Tür nicht vor der Nase zugeknallt oder eine Waffe zu meiner Verteidigung gezogen hatte, begann er seine Umfrage.

»Sind Sie für eine Freigabe von weichen Drogen?«

Ich begriff. Das hatte ich schon zu oft erlebt. Er machte keine Umfrage – er wollte Zeitungsabos verkaufen. Dies war nur die schwerfällige Ouvertüre, um in seinen für diese Tätigkeit ersonnenen Lebenslauf hineinzufinden. Ich konnte mir vorstellen, was nun folgen würde: Wie bereits seine Vorgänger hatte er nur weiche Drogen konsumiert, war erwischt und zu Jugendhaft verurteilt worden und hatte nun die Auflage, an einem Resozialisierungsprogramm teilzunehmen. Da er sich einer Drückerkolonne angeschlossen hatte, war es offensichtlich bereits gescheitert.

Ich hatte keine Lust auf endlos lange Diskussionen.

»Wenn ich jetzt sofort die *Hör hin*, *Frau hinterm Spiegel* und die *Hurra* abonniere, können wir uns dann die Einleitung sparen?«, fragte ich ihn. Er sah mich aggressiv an.

»Na gut«, lenkte ich ein, »dann eben auch noch *TV Fühlen und Riechen* und die *Farbenfrohe*.«

Er grunzte zufrieden und bot mir die Formulare dar, um sie auszufüllen. Ich verwendete eine Phantasieanschrift und unterschrieb mit dem Namen meiner Abteilungsleiterin. Schließlich hatte sie mir diese Chose eingebrockt. Ich gab ihm die Papiere zurück. Er stutzte, offensichtlich hatte ich ihn unterschätzt und er war des Lesens mächtig, verglich Unterschrift und Türschild, kratzte sich kurz am kahlen Schädel, verabschiedete sich dann aber höflich. Ich schloss die Tür. Um ihn musste ich mir keine Sorgen machen, selbst wenn sein Kolonnenführer ihm die Leviten lesen würde, sollte mein kleiner Betrug ans Tageslicht kommen.

Inzwischen war der Düsenjägerabsturz über mir in einen Vulkanausbruch übergegangen und man hatte einige Opfer in die Lavamassen geschubst, nur so war das Wehgeschrei zu erklären, das die Geräuschkulisse stakkatoartig untermalte. Ich begab mich wieder auf den Balkon, um mich, von natürlichen Geräuschquellen umgeben, meinem Konzept zu widmen. Doch statt des lieblichen Vogelgesangs vernahm ich Motorengebrumm. Auf dem Nachbargrundstück war der Startschuss zu einem Rasenmäherwettbewerb gegeben worden. Drei Herren mittleren Alters schoben kreischende, qualmende und, wie ich kurz darauf feststellte, bestialisch stinkende Ungetüme vor sich her, um die Grashalme von vier auf zwei Millimeter zu trimmen. Ich war ratlos. In meiner Wohnung konnte ich keine Ruhe finden, um ungestört zu arbeiten. Was sollte ich tun? In den Keller gehen? Dort hätte ich sicher die Ankunft von Seybold junior verpasst. Auch die Verwendung von Ohrstöpseln schied aus.

Ich beschloss zu warten. Um zwölf Uhr begann die Mittagsruhe, eine Regel, gegen die niemand im Hause zu verstoßen wagte. Und siehe da: In dem Moment, als sich Minuten- und Stundenzeiger vereinten, verstummten Vulkanausbruch und Rasenmäher. Selbst die Vögel hielten inne. Ich atmete auf und begab mich zu meinem Arbeitsgerät auf dem Balkon. Minuten später war ich in meine Arbeit versunken, fügte hier und da Gedanken hinzu.

»Hackfleisch«, schrieb ich in dem Moment, als ich die Türglocke erneut vernahm. Genau dieses Schicksal stand dem neuen Störenfried bevor, wenn er nicht eine gute Begründung parat hatte. Es wäre eine ordentliche Portion geworden, denn zwei gütige ältere Damen in eleganten Kostümen erwarteten mich bereits.

»Wir wollen mit Ihnen über Jesus sprechen.«

»Über wen?«

»Über Jesus Christus, unseren Herrn. Der für uns am Kreuz gestorben ist.«

»Ich habe damit nichts zu tun.« Ich wollte die Tür schließen, doch eine Dame war schneller und brachte ihren Fuß zwischen Tür und Rahmen.

»Wir können natürlich auch gern über ein anderes Thema sprechen, das Sie interessiert. Was könnte das denn sein?«

»Arbeitslosigkeit und Alkoholismus«, erwiderte die Zweite ungefragt.

»Oh ja«, nahm die Erste das Stichwort auf, »da haben wir einen tollen Ratgeber für Sie.«

Sprach es und überreichte mir die Broschüre »Jesus sagt: Arbeite. Und trinke nicht.« Kann sein, dass sie anders hieß, ich erinnere mich nicht mehr genau.

»Bitte, meine Damen, ich will nicht unhöflich sein, aber ich habe jetzt keine Zeit, um mit Ihnen zu plaudern. Ich bin im Stress.«

Die beiden jauchzten vor Vergnügen und Sekunden später hielt ich die Aufklärungsschrift »Stressfrei leben mit Jesus« in den Händen.

Meine Bitte, mich in Ruhe zu lassen, brachte mir noch das Pamphlet »Durch Jesus zur Ruhe finden« ein und schließlich wurde mir, nach einem abschließenden Moment, an den ich nur ungern zurückdenke, das Heft »Exorzismus – leicht gemacht« unter der Tür durchgeschoben.

Ich kehrte zu meinem Computer zurück und starrte auf den Bildschirm. Die Buchstaben tanzten Ringelreihen, vermischten sich mit den Grafiken und bildeten kaleidoskopische Bilder. Meine Augen schmerzten, meine Ohren hämmerten – ich musste mich einen Moment hinlegen.

Sofort sank ich in einen tiefen Schlaf, der jedoch von einem Traum begleitet wurde. Ich befand mich in einem Gerichtssaal. Ich stand vor einem hohen Pult, an dem der Richter und seine Beisitzer saßen. Sie waren in schwarze Roben gehüllt und trugen kleine Totenkopfapplikationen am Revers. Bei näherer Betrachtung sah ich, dass es die gesamte Geschäftsführung meines Arbeitgebers und meine Abteilungsleiterin Rebekka waren, die über mich Gericht hielten.

»Angeklagter«, hallte es durch den Raum, »Sie stehen hier, weil Sie nicht in der Lage waren, das Strategiepapier zu entwerfen, das die Firma so dringend benötigt hätte. Darum musste die Hälfte der Belegschaft entlassen werden. Was haben Sie dazu zu sagen?«

Ich wollte gerade alle Gründe aufzählen, die für meine Unschuld sprachen, als es im Publikum, das ich erst jetzt bemerkte, unruhig wurde. Ich drehte mich um. Alle Störenfriede der letzten Stunden saßen da und tuschelten: Frau Seybold, der Zeitungsdrücker, die Bräute Jesu. Ihre sensationslüsternen Blicke verhießen nichts Gutes für den Ausgang meines Verfahrens.

»Was ist das für ein Lärm?«, keifte der Richter.

»Ich glaube, da ist jemand an der Tür. Aber lassen Sie uns den Delinquenten erst hinrichten, ja?«, drängte Rebekka, die falsche Schlange, den Richter zur Eile.

Von draußen hämmerte irgendjemand mit einem Gegenstand gegen die Tür zum Gerichtssaal.

»Also, so kann ich nicht arbeiten«, unterbrach der Richter und erhob sich.

»Sehen Sie«, schrie ich in Todesangst, »ich nämlich auch nicht.«

Das Hämmern wurde lauter und langsam glitt ich in die Realität hinüber.

Es klopfte tatsächlich. Schlaftrunken wankte ich zur Tür und riss sie auf. Klein Seybold wollte gerade zu einem erneuten Tritt ausholen, hielt aber rechtzeitig inne. Ich packte ihn am Kragen, hob ihn in die Luft und schüttelte ihn wie einen Cocktailshaker:

»Wo kommst du jetzt her?«

Klein Seybold war nicht sehr musikalisch. Gegen meinen eingeschüttelten Rhythmus stammelte er was von Zirkel im Gesäß des Klassenlehrers, Nachsitzen, Hausaufgaben, verschlüsselten Botschaften und Islam. Ich ließ ab und bat ihn den Schluss zu wiederholen.

Verschüchtert gab er zu Protokoll, dass er die Botschaft seiner Mutter am Eingang gelesen habe und bereit sei, den Schlüssel in Empfang zu nehmen. Ich händigte ihm den Gegenstand aus und gab ihm noch ein paar lebensverlängernde Tipps, zum Beispiel, dass er besser daran täte, seiner Mutter unser Gespräch unter Freunden zu verschweigen, was er auch bereitwillig akzeptierte und floh.

Ich konnte mein Glück kaum fassen. Ich war meiner vordersten Pflicht entledigt und konnte mich nun meinem eigentlichen Auftrag widmen. Eine kleine Freudenträne kullerte meine Wange hinab.

Nun, das vorwitzige Ding hatte sich zu früh auf die Reise gemacht und hätte sich besser der Gruppe angeschlossen, die mir drei Stunden später kaskadenartig das Gesicht nässte. Denn das Projekt »labor interruptus« fand seine Fortsetzung. Erst kam Frau Wesbühl, eine alleinstehende Rentnerin, vorbei, um mich mit einem selbstgebackenen Hefezopf aufzumuntern. Frau Seybold hatte ihr erzählt, dass es sehr schlecht um mich stehe, dass ich keine Anstellung mehr habe und nun zu Hause arbeiten müsse, um wenigstens das Nötigste zu verdienen. Da sei doch Trost der Nachbarn gefordert. Kraftlos und ohne Widerworte nahm ich ihr das Gebäckstück ab und schlurfte in die Wohnung. Unaufgefordert folgte sie mir und bot mir in den nächsten zwei Stunden einen Einblick in die Wesbühl'sche Familienchronik. Unterbrochen wurde ihr kleiner Vortrag ungefähr im Jahre 1906 – ihr Großvater hatte gerade bei dem Versuch, im heimischen Keller eine kleine Schnapsbrennerei zu errichten, die gesamte Straße von der Landkarte gesprengt – durch den Beginn eines lautstarken Wettkampfs in der Nachbarwohnung: Beschimpfe deinen Ehepartner mit den unflätigsten Begriffen, die der deutsche Sprachgebrauch hergibt. Die Gattin war leicht in Führung gegangen, als sich Frau Wesbühl mit dem Vorschlag verabschiedete, man könne ja nun öfter einmal miteinander plaudern.

Bevor ich die Tür hinter ihr schließen konnte, wurde ich von den Webers abgefangen, die ihr Paket abholen wollten. Ich händigte es ihnen aus, hörte mir noch kurz – also etwa zwanzig Minuten lang – an, was sie von den einzelnen Hausbewohnern hielten und stellte verwundert fest, dass das streitende Ehepaar neben mir noch am besten abschnitt. Als ich endlich wieder allein war, brachen die Dämme. Der Kollaps hatte etwas Befreiendes, denn plötzlich lag die Lösung so klar vor mir, als habe sie immer schon da gelegen und mir mit Halogenscheinwerfern Zeichen gegeben. Ich packte meine Sachen und fuhr in die Stadt.

Zugegeben, der Nachtwächter staunte nicht schlecht, als er mich am nächsten Morgen im Heizungsraum unseres Bürogebäudes entdeckte, aber nach einer kurzen Schilderung meiner Lage ließ er mich gewähren. Er bot mir sogar an, sein Pausenbrot mit mir zu teilen.

Am Abend setzte ich den Schlusspunkt unter mein Konzept und begab mich zufrieden nach Hause. Das Glücksgefühl währte nicht lange, denn an meiner aufgebrochenen Wohnungstür klebte ein Polizeisiegel und eine Notiz, die eindeutig die Handschrift Frau Seybolds trug. Sie erhob schwere Vorwürfe, nannte mich verantwortungslos und teilte mir mit, dass es eine Unverschämtheit von mir gewesen sei, ohne ein Wort das Haus verlassen zu haben. Sie hatte mir erneut den Schlüssel vom »Bua« anvertraut und in den Briefkasten geworfen, damit der Klempner, den sie erwartet hatte, hereingelassen werden könne. Durch mein unentschuldigtes Fehlen sei der Handwerker unverrichteter Dinge gegangen und könne nun erst wieder in sechs Wochen kommen. Klein Seybold wiederum habe sich, wohnungs- und schlüssellos wie er war, den gesamten Nachmittag bei den Rüpeln im ersten Stock herumgetrieben, dort CDs gehört und läge nun mit Ohrenschmerzen darnieder. Meine eigenartigen, glatzköpfigen Freunde, so schrieb sie weiter, hätten stundenlang auf mich gewartet und aus Frust über mein Ausbleiben mit ihren Springerstiefeln und Baseballschlägern die Blumenrabatten verwüstet. Lediglich Frau Wesbühl habe sich sehr große Sorgen gemacht und in der Annahme, ich hätte mir aufgrund meiner misslichen Lage etwas angetan, von der Polizei die Tür aufbrechen lassen. »Selbst schuld«, lautete die spitze Schlussformulierung.

Ich wusste, was zu tun war, und so brach ich das Polizeisiegel, packte rasch das Nötigste und verließ die ungastliche Stätte, die ich einst mein Zuhause genannt hatte. Ich war überzeugt davon, dass der Nachtwächter meine Situation verstehen und meinen Umzug nicht verraten würde. Und vielleicht würde er mir sogar ein paar Decken leihen.

Ruhender Verkehr

Bevor ich nach Hamburg zog, wohnte ich im Osten der großen Landeshauptstadt unseres schönen Ländles. Wer die Gegend kennt, weiß, dass man dort zwar nicht ohne Auto auskommt, es jedoch dennoch getrost abmelden kann, da die statistische Aussicht, einen regulären Parkplatz zu finden, gegen null tendiert. Nicht selten zog ich stundenlang meine Kreise, fuhr meinen Tank auf der Suche nach einer Abstellmöglichkeit leer oder übernachtete schließlich in meinem PKW, weil ich in zweiter Reihe stand und damit rechnen musste, dass die Autobesitzer, deren Wagen ich zuparkte, ihre Vehikel bewegen wollten. Was natürlich nie geschah. Denn wer in Stuttgarts Osten einen Parkplatz ergattert hat, der belegt ihn, bis sich die Karre nicht mehr auf den eigenen vier Rädern halten kann und von windigen Schrotthändlern abtransportiert wird.

Nur selten gelang es mir, einen regulären Abstellplatz zu finden, der weniger als eine halbe Stunde zu Fuß von meiner Wohnung entfernt war. Es dauerte jedoch oft doppelt so lange, bis ich mein Auto wieder fand, weil ich mich meist nicht genau daran erinnern konnte, in welchem Stadtteil ich es abgestellt hatte. Der einzige Trost in dieser Zeit war, dass es nicht nur mir so erging. Fast jeden Morgen traf ich Nachbarn, die mit wirrem Blick und verzweifeltem Gesichtsausdruck durch die Straßen irrten, und oft ließen wir uns entnervt auf der Bordsteinkante nieder und weinten gemeinsam so manche Träne.

In der Hansestadt änderte sich das vom ersten Tag an. Denn wir wohnten in Ohlsdorf, dem berühmt-berüchtigten Gefängnis Santa Fu genau gegenüber. Freunde und Bekannte äußerten sich immer sehr erschrocken, wenn ich ihnen Schauermärchen erzählte von den Schreien der Gefangenen in der Nacht, von nebulösen Gestalten, die in der Dämmerung um die Mauern schlichen und Pfeiflaute von sich gaben, von Wärtern auf Aussichtstürmen, das Gewehr im Anschlag. In Wirklichkeit hielt ich die Wohngegend für die sicherste in ganz Hamburg. Die Insassen, die ausbrachen, und das – »Santa Fu und raus bist du« – kam leider nicht so selten vor, suchten natürlich schleunigst das Weite. Die anderen, die keinen gesteigerten Wert darauf legten, hinter die hohen Backsteinmauern der Justizvollzugsanstalt zu gelangen, suchten sich sicher nicht deren direkte Nachbarschaft für ihre Freveltaten aus.

Der entscheidende Vorteil jedoch an dieser Wohngegend war: Es gab Parkplätze, und zwar reichlich. Schließlich benötigten die Bewohner der anderen Straßenseite keine Fahrzeuge.

Überfüllung drohte nur einmal im Jahr, wenn Freunde und Bekannte der Insassen zu Besuch kamen am »Tag der offenen Tür«. Das hört sich im Zusammenhang mit einem Gefängnis an wie ein Witz, es gab ihn jedoch tatsächlich. An diesen Sonntagen nahm sich mein kleiner roter Mazda zwischen all den Porsches, Mercedes, Lamborghinis, Ferraris und Corvettes geradezu mickrig aus. Da sage noch einer, dunkle Geschäfte zahlen sich nicht aus.

Als ich wieder ins Ländle zurückgekehrt war, fand ich die alten Verhältnisse vor. Zwar schlug ich mein Domizil nicht mehr in der Landeshauptstadt auf, aber auch in meiner kleinen Stadt, in der ich aufgewachsen bin, hatte man den öffentlichen Parkraum beschränkt. Um den Schild gewordenen Drohungen Nachdruck zu verleihen, schickte man Heerscharen von Politessen los, die eifrig für die Einhaltung von Recht und Ordnung sorgten. In ganz harten Zeiten konnte man sein Fahrzeug noch nicht einmal an einer roten Ampel anhalten, ohne von blau Uniformierten umringt zu werden, die sich darum balgten, ihre Knöllchen an den Scheibenwischern zu befestigen.

Nun ist es so, dass ich mein Büro mitten im Zentrum meiner kleinen Stadt betreibe und so kommt es vor, dass ich Gegenstände, Getränkekisten oder ähnlich sperriges Zeug transportieren muss. Chronische Knie- und Rückenprobleme und permanente Zeitnot hindern mich in diesen Fällen daran, die Sachen kilometerweit, also von einem zufällig gefundenen Parkplatz bis zum Arbeitsplatz, zu tragen. Auch der für diese Fälle angeschaffte Transportwagen ist aufgrund des Kopfsteinpflasters in der Altstadt nur bedingt als Hilfsmittel tauglich. Der Not gehorchend parke ich also in diesen Fällen, wenn auch gesetzeswidrig, vor der Tür und lade in Rekordgeschwindigkeit aus. Nicht schnell genug für die Gesetzeshüterinnen meiner kleinen Stadt. Innerhalb einer Nanosekunde schießen sie aus dem Boden hervor, lassen sich von Dächern herab oder erscheinen einfach aus dem Nichts, um meine Abwesenheit auszunützen, den Strafzettel auszustellen und hinter den Scheibenwischer zu klemmen. Danach lösen sie sich in Luft auf. Vielleicht reiten sie auch auf Besen davon, das kann ich so genau nicht sagen. Gesehen habe ich die Damen bei der Ausübung ihrer Pflicht nämlich noch nie.

Viel habe ich versucht, um sie von ihrem Tun abzubringen. Erst malte ich ein großes Schild, das ich gut lesbar in meinem Fahrzeug auslegte. Es handele sich bei meinem Entladevorgang keinesfalls um Parken im herkömmlichen Sinne, stand darauf, und dass es nur eines Wortes bedürfe, um mich zum Umstellen des Pkws zu bewegen. Ich hinterließ meine Adresse, meine Telefonnummer, doch sie riefen nicht an. Stattdessen stellten sie mir den stummen Verweis aus und klebten ihn tadelnd an die Windschutzscheibe. Ich kaufte Rosen, drapierte sie mit dem Hinweis »Bitte bedienen Sie sich« auf der Kühlerhaube. Es fehlte keine einzige Blume. Stattdessen musste ich ein Knöllchen über 15 Euro und eine neue Kühlerhaube bezahlen, da ich meinen Frust zu gleichen Teilen an Strauß und Fahrzeug ausließ. Auch andere Bestechungsversuche in Form von Pralinen, Einkaufsgutscheinen oder Schmuck schlugen fehl. Unabrückbar ihrem Auftrag folgend, die öffentliche Ordnung zu wahren, erledigten die Hilfspolizistinnen ihre Arbeit. Bei allem Ärger über die unnötigen Ausgaben war und bin ich froh, in einer so sicheren Stadt wohnen und arbeiten zu dürfen.

Inzwischen habe ich herausgefunden, dass es immer nur eine Person ist, die mir meine kriminelle Energie austreiben möchte. Sie heißt G. Häfner. Ihrer schwungvollen Unterschrift zufolge handelt es sich bei Frau Häfner um eine Dame, die weiß, was sie tut. Die beiden Punkte auf dem ä stehen symbolisch für ihre Entschlossenheit, der langgezogene Bogen unter dem G ihres Vornamens zeugt von einem langen Atem. Wenn ich nur wüsste, für welchen Namen dieses G steht. Vielleicht für Gabriele, Gitte oder Genoveva? Oder gar Grethe, Golda oder Georgette? Wenn ich sie nur einmal gesehen hätte: Vielleicht hätte ich aus der Art, wie sie das Nummernschild meines Wagens ansieht, wie sie lustvoll den Arm des Scheibenwischers verdreht, um ihr Protokoll zu befestigen, einen Hinweis auf ihr wahres Wesen bekommen. Doch obwohl ich mich mehrmals auf die Lauer gelegt und nächtelang in meinem falsch geparkten Wagen zugebracht habe – das kannte ich ja noch von früher – ließ sie sich nicht blicken.

Ihre Stimme kenne ich schon. Kräftig und dunkel ist sie, sonor mit einem erotischen Timbre. Wie sie ihren Namen in die Muschel bellte, als ich sie anrief, jagte mir einen Schauer der Wollust über den Rücken.

Auch wenn sie mein Bitten und mein Flehen nicht erhört hat, steht für mich eines fest: Früher oder später werde ich diese Frau heiraten. Mehr kann ich für einen Parkplatz in der Innenstadt wirklich nicht tun und letztlich spare ich auf diese Weise eine Menge Geld. Die Kutsche, mit der wir in die Flitterwochen abreisen werden, steht schon bereit. Natürlich im Parkverbot.

Em Vorbeilaufa: **Glasbruch**

Durch die Gassen meiner kleinen Stadt zu promenieren, lohnt sich zu jeder Tageszeit. Nicht nur wegen der schmucken Fassaden, dem meisterlich zusammengefügten Fachwerk oder der Vielzahl an Gesichtern, die aus dem Mauerwerk lugen.

Es lohnt sich auch wegen der Geschichten, die hier von Fenstersims zu Fenstersims getragen werden. Natürlich gilt es auch hierzulande als unfein oder gar als »naseweis«, wenn man lauscht, aber das ist gar nicht nötig. Denn die Entfernungen von Fenster zu Fenster werden akustisch so mühelos überbrückt, dass es kaum möglich ist, nicht zum Auditorium zu gehören. Sollten Sie also Zeuge werden, wenn ein Schauspiel wie das Folgende auf der Bühne des Lebens vorgetragen wird, genießen Sie es – in anderen Städten müssten Sie hierfür viel Geld bezahlen.

Frau 1: Dr Jong hat die Scheib von dr Haustür heh gmacht. Des wird teuer. Wege de Butza.

Frau 2: Ha komm, des Geld kosch dr spare. Butza kosch di Scheib doch au alloi.

Man(n) lernt nie aus

In letzter Zeit bekomme ich oft Besuch von meinem Freund Jan. Ich kenne ihn schon seit seiner Geburt und dennoch ist er einer meiner jüngsten Freunde, weil er erst vor dreieinhalb Jahren das Licht der Welt erblickte. Ich freue mich immer sehr, wenn ich ihn zu Gesicht bekomme, während er unseren Begegnungen relativ emotionslos gegenübersteht. Das mag unter anderem daran liegen, dass er auf die Entscheidung, den Nachmittag mit mir zu verbringen, nur wenig Einfluss hat. Um ehrlich zu sein – er wird gar nicht gefragt, sondern erhält von seinen Eltern, die ihm zahlen- und kräftemäßig überlegen sind, den Marschbefehl. Und so rückt der kleine Kerl, mit Playmobil-Figuren und Spielzeugautos bewaffnet, in meine Wohnung ein.

Es ist wirklich erstaunlich, mit welcher Hingabe und Fantasie Jan das, was ich sonst als Wohnzimmer bezeichne, nach seinen Ideen umgestaltet. Da werden Teppichkanten zu Baustellen, vor denen sich die mitgebrachten Fahrzeuge sofort zu stauen beginnen. Blumentöpfe werden zu Verstecken von hinterhältigen Indianern, die den Playmobil-Cowboys nach dem Leben trachten. Beim Umtopfen der Pflanzen musste ich jedoch feststellen, dass einige der Rothäute selbst den Tod gefunden hatten – offenbar hatten sie sich zu gut getarnt beziehungsweise zu tief eingegraben. Tja, Boshaftigkeit zahlt sich nun mal selten aus.

Inzwischen weiß ich, dass sich meine Sessel ideal als Trampolin eignen und dass ungefähr fünfzehn Kekse in den Schlitz meines Videorekorders passen. Wäre ich je zu dieser Erkenntnis gelangt ohne meinen jungen Lehrer? Sicher nicht.

Außerdem: Wer sieht sich heutzutage, im Zeitalter der DVD-Player, noch Videobänder an?

Jan war es, der mir vermittelte, dass es keine Frage des Alters ist, über wie viel Erfahrung man verfügt. Er zeigte mir, manchmal auch auf leidvolle Art und Weise, dass es hierfür nur auf den Forschergeist ankommt. Learning by doing heißt seine Devise. Wie sonst sollte man mit absoluter Sicherheit sagen können, ob eine Fernbedienung nach einem Bad im Aquarium noch funktionstüchtig ist? Fragen Sie mich: Sie funktioniert nicht.

Oder können Sie vielleicht den Zeitraum benennen, wie lange eine Gardinenstange eine konstante Belastung von ungefähr zwanzig Kilogramm, die an einem Vorhang schaukeln, aushält, bevor sie mitsamt Dübel aus ihrer Verankerung gerissen wird? Ich kann es. Das dauert genau zwölf Minuten und 27 Sekunden.

Klebt Kartoffelbrei an der Wand, wenn man ihn mit Wucht aus dem Teller katapultiert? Na klar. Ganz im Gegensatz zu Milchreis, der sich sofort der Erdanziehung unterwirft, langsam gen Boden wabert und interpretationswürdige Schlieren auf der Tapete zurücklässt.

Auch die ersten künstlerischen Gehversuche von Jan wurden von mir anfangs durch die Bereitstellung von Material gefördert. In diesem Genre bewies er für einen Dreieinhalbjährigen ein fast schon als genial zu bezeichnendes Gefühl für Farbe und Untergrund. Sie sollten die farbliche Brillanz von Wachsmalkreiden auf frisch verlegtem Laminat erleben. Grandios. Und fast nicht mehr zu entfernen. Filzstift auf Kachel – allemal zeitgemäßer als die Selbstklebeblumen von Pril. Und wesentlich haftfähiger. Nicht zu vergessen: Wasserfarben auf Buche. Dieser Durchdringungseffekt – meisterlich und für die Ewigkeit geschaffen.

Ich ließ den jungen Künstler gewähren. Schließlich wollte ich nicht, dass er irgendwann seinem Psychologen erzählen muss, er hätte es mir zu verdanken, »nur« Sozialversicherungsfachangestellter geworden zu sein, während seine wahre Berufung die Straßenmalerei gewesen wäre.

Als er jedoch seine kalligrafischen Fähigkeiten an meiner Schallplattensammlung erprobte, schritt ich ein und übte Zensur. Ich entriss ihm sämtliche Zeichengeräte und hielt sie fortan unter Verschluss.

Das daraufhin einsetzende Protestgeheul endete erst, als ihn seine Eltern abholten. Von Schadensersatz wollten sie jedoch nichts wissen. Mit vorwurfsvoller Miene wurde mir erklärt, es sei eine Ehre für mich, ein derartig kreatives Kind beherbergen zu dürfen.

Seitdem trage ich wieder zur künstlerischen Entwicklung meines kleinen Freundes bei, lasse jedoch ein wenig mehr Umsicht walten. Die Blockflöte, die ich ihm gekauft hatte, war ein voller Erfolg und Jan malträtierte sie mit einer Inbrunst, als sei er der Rattenfänger von Hameln. Als sie auf mysteriöse Weise verschwand, schenkte ich ihm eine Trommel und wurde wieder Zeuge, dass Talent nicht in die Wiege gelegt wird, sondern dass Erfolge hart erarbeitet werden müssen. Auch dieses Instrument verschwand spurlos im Bermuda-Dreieck seines Elternhauses.

Dem Förderer der Kreativität können diese Rückschläge nichts anhaben. Das Xylophon steht schon zur Übergabe bereit. Aber erst, wenn ich bei den Dreien eingeladen bin. Ich will schließlich kein Risiko eingehen. Denn auch das habe ich gelernt: Geschenke, mit denen sich Schmutz und Lärm erzeugen lassen, übergibt man am besten in einer Umgebung, die einen raschen Rückzug erlaubt. Und für diese Erkenntnis, mein lieber Jan, vermache ich dir irgendwann einmal meine kleine Sammlung an Heavy Metal-CDs. Mit Stereoanlage, versteht sich.

Schwäbischer Humor auf Kopfsteinpflaster

Es ist schon hart: Kein Gerücht hält sich landauf, landab und womöglich grenzüberschreitend so hartnäckig wie die Einschätzung, der Schwabe habe keinen Humor. Das könnte einem als Angehörigen des geschmähten Volksstammes schon mächtig die Fröhlichkeitssuppe versalzen, doch es entspricht natürlich nicht der Wahrheit. Richtig ist, dass der Schwabe an und für sich ein äußerst humoriger Geselle ist, der mindestens einen guten Witz kennt. Er erzählt ihn nur nicht jedem – nur denen, die er mag. Da er mit dieser Einschätzung jedoch sehr vorsichtig ist und neuen Bekanntschaften mit einem gesunden Maß an Misstrauen begegnet, bleibt er stumm. Dies können die Scherzkekse überregionaler Herkunft natürlich nicht verstehen, und schon klappert die Neidschere und stutzt das Schwabenimage zurecht, bis es dem Daimlerstern oder Spätzle mit Soß' zum Verwechseln ähnlich sieht. Wir kennen das aus der Schule. Dem Klassenkasper hängt man an den Lippen, um jedes Wort johlend zu begrüßen, doch wenn sich der Klassenbeste anschickt, einen Witz zu reißen, darf er maximal mit einem unterdrückten Kichern rechnen. Da kann der Scherz noch so tiefsinnig sein – von einem, der eifrig darauf bedacht ist, gute Leistungen zu bringen, erwartet man keinen Humor. Das passt ja auch nicht zusammen. Frustriert vertieft sich der Primus wieder in seine Bücher, ersinnt intellektuelle Schriften, tüftelt allerhand Nützliches aus und bleibt der Cleverste von allen. Und humorlos.

Beim Schwaben ist die Situation noch dramatischer. Er weiß, wie es ist, wenn er aufgrund seines Dialektes von Vertretern anderer Landsmannschaften verlacht wird und in

Gesellschaft zum Vergnügen aller verbale Kunststückchen vorführen muss. Preschdling, Stiaga ra gschla und sag doch noch mal, wie heißt Marmeladenglas bei euch? Gselzhäfele. Die Hauptstadt von Schwaben? Ha Noi – wir können es nicht mehr hören. Wir waren noch nie Anhänger des rheinischen Frohsinns, wir haben nun mal nicht den hanseatisch unterkühlten Unterton, wir weigern uns entschieden, den melancholischen Singsang sächsischen Selbstmitleids »Mit uns gennen ses jo mochn« anzustimmen. Wir haben einfach keine Zeit für Schabernack, wir sind zu beschäftigt, um lustig zu sein.

Ist doch auch kein Wunder, denn wir werden überall gebraucht. Wir sehen überall Verbesserungsbedarf, sind dazu verdammt, die Finger in die Wunden zu legen. Zum Beispiel bei dem neuen Pflaster in der Fußgängerzone meiner kleinen Stadt. Was auf den ersten Blick modern und mondän wirken soll, stellt sich als Schmutzmagnet und begehbares Hindernis heraus. Die Fugen sind zu breit. Dreck, Zigarettenkippen, Damenabsätze sammeln sich darin und es heißt, es seien auch schon Tiere und Kleinkinder in den grabenbreiten Spalten verschwunden. Händler wittern schon den ökonomischen Super-GAU, sehen sich den Regressforderungen von Krankenkassen nicht gewachsen, ganz zu schweigen davon, was passieren könnte, sollten diese Rillen sich aufgrund anhaltender Regenfälle mit Wasser füllen und ein reißender Strom nähme dann alles mit sich fort.

Ein kleines Mädchen reißt mich aus diesen Gedanken. Sie hüpft fröhlich über eben dieses Kopfsteinpflaster, summt ein Lied und verteilt an die Passanten Kusshändchen. Der Rheinländer hätte sich diese Gelegenheit sicher nicht entgehen lassen und es hätte sich schon bald eine schöne Polonaise gebildet. Der Hanseat hätte sie lieb angelächelt und zurück gewunken. Der Sachse hätte vielleicht mit einem »So jung müsst mr noch mol sain« reagiert, doch sie hüpft in einer schwäbischen Kleinstadt und die einzige Reaktion, die sie auf ihre Heiterkeitsattacke erntet, ist der Kommentar eines Herrn, der ihr hinterherschreit:

»Ha, sag mol, Mädle, ticksch du no ganz sauber?«

Das Mädchen kann ihn nicht mehr hören, Rad schlagend verschwindet sie hinter dem Horizont, er schreitet kopfschüttelnd weiter. Nur ich bleibe noch ein bisschen, um meinen Lachtränen zuzusehen, wie sie sich in den breiten Fugen des Pflasters in der Fußgängerzone ihren Weg bahnen.

Em Vorbeilaufa: **Sicherheitsdenken**

Dame 1:	Also, mir hen em Julian jetzt au a Händi kauft. ’s isch oifach sicherer. ’s passiert so viel ond mir isch’s lieber, wemmir wissat, wo er sich romtreibt. Mr woiß jo nia, in welcher Gsellschaft er isch.
Dame 2:	Ha scho, aber i woiß au net.
Dame 1:	Des isch a ganz oifachs. Mit Pripäd-Karte. An Fotoapparat ond en MP3-Player isch nadürlich au dabei, aber des wär ja sowieso bald komme. Mr muass da a bissle mit dr Zeit gange.
Dame 2:	Des verschdeh i scho. Trotzdem ...
Dame 1:	Ha, seine Freind hän faschd älle a Händi. Vielleicht et älle, aber viele. Mir wellet ja net, dass er dr Außaseiter isch, der von älle ghänselt wird.
Dame 2:	Send Se mr net bes, aber i fend’s übertrieba.
Dame 1:	Übertrieba? Ha, wieso?
Dame 2:	Ha ja, dr Julian isch doch erschd drei.

Ausflug in den Mikrokosmos

Ist es nicht erstaunlich, dass es uns Menschen immer wieder gelingt, in uns selbst und in anderen Bereichen Neues zu entdecken? Dass uns die Gabe in die Wiege gelegt wurde, Erfahrungen hinzuzugewinnen und dass wir dadurch immer intelligenter, reifer und auch ein Stück souveräner werden? Ich jedenfalls bin immer wieder überrascht, was Forscher ans Tageslicht bringen.

So las ich mit großem Vergnügen in einer Tageszeitung, dass es Molekularbiologen gelungen war, das kleinste existierende Lebewesen zu entdecken. Ihre Freude darüber verleitete sie dazu, dem Organismus den Namen »Der reitende Urzwerg« zu verleihen.

Solche Informationen lassen mein Herz höherschlagen und werfen sofort eine Menge Fragen auf, die der Artikel leider unbeantwortet ließ. Bei welcher Gelegenheit fanden die Forscher das Mikro-Lebewesen? Hatten sie danach gesucht und wenn ja, wo? Wieso gaben sie dem Urzwerg den Zusatz »reitend«? Worauf reitet er denn? Auf einem Urzwerg-Pferd? Das hätte zumindest eine namentliche Erwähnung verdient. Man kann doch nicht so tun, als hätte es Professor Grzimek nie gegeben.

Ich blieb zunächst allein mit meinen Gedanken, bis ich per Zufall in einem ansässigen Gartenlokal eine ähnliche Entdeckung machte und zwar in meinem Getränk. Dort befand sich ein so genannter »zweiflügeliger Biersurfer«, der, wahrscheinlich ob der Hitze, in meinem Glas voller Gerstensaft fröhliche Runden drehte. Das Erstaunliche daran war, dass sich das kleine Wesen weder durch meine Schaukelbewegungen noch durch angebotene Kletterhilfen wie Gabel oder

Finger von seinem passionierten Treiben abbringen ließ. Eher das Gegenteil war der Fall – die Bewegungen des kleinen Surfers wurden immer geschmeidiger und ich meinte, ab und an sogar einen ekstatischen Schrei zu hören.

Von nun an war mein Forschergeist geweckt und ich begab mich auf die Suche nach anderen Mikrokosmen in meiner näheren Umgebung. Und heißt da nicht ein altes Sprichwort: »Wer suchet, der findet?« Es konnte also nur eine Frage der Zeit sein, bis sich die Tür zu neuen Welten für mich öffnen würde.

Genau genommen war es die Tür zum Kühlschrank und Kollege Zufall hatte ebenfalls seine Hände im Spiel, denn unter normalen Umständen hätte ich die vorwitzige Wölbung des Aluminiumdeckels eines Joghurtbechers wohl nicht bemerkt. Da ich mich jedoch in den Fußstapfen Robert Kochs bewegte, riss ich die Abdeckung voller Vorfreude auf und traute meinen Augen kaum. Ich war mir sicher, dass diese Entdeckung nicht alltäglich sein konnte: Auf der weißen Oberfläche des Milchproduktes gedieh die prächtige Miniatur eines Bonsai-Palmenwäldchens. Schnell schloss ich den Deckel, um die zarten Gewächse vor dem aggressiven Sonnenlicht zu schützen und stellte das Gefäß mit dieser Kostbarkeit in den Kühlschrank zurück. Eine Überprüfung der anderen Joghurtbecher verlief enttäuschend – die Haltbarkeitsdaten waren nicht im entferntesten abgelaufen.

Nun, davon darf sich der moderne Forscher nicht entmutigen lassen. Nur wenige Schritte weiter, im Bad, stieß ich auf die nächste Lebensform, die mein Interesse in Beschlag nahm: Der haarige Beckenrandling hatte in der Fuge zwischen Badewanne und Wandkachel Quartier gefunden und färbte seinen Lebensraum, wie das seiner Spezies entsprach, schwarz ein. Aus Freude über seine Anwesenheit nahm ich ein Bad und belohnte meinen kleinen Lebensgefährten mit einer angemessenen Befeuchtung.

So viel Leben um mich herum und dennoch: Ich konnte nicht genug bekommen. Fieberhaft suchte ich nach neuen Forschungsobjekten und musste das eine oder andere Mal auch Rückschläge hinnehmen. So war zum Beispiel die kleine Staubqualle unter meinem Bett eindeutig tot und nicht mehr zu beleben. Aus Enttäuschung warf ich sie aus dem Fenster und sah zu, wie der Wind sie in die Nachbarwohnung trieb – der Preis, den Frischluftfanatiker wohl bezahlen müssen.

Trost fand ich neben dem Schlafzimmerschrank, wo der schwebende Netzflicker seine achtbeinige Handwerkskunst formschön unter Beweis gestellt hatte.

Ach, das Leben als Forscher gefiel mir schon sehr. Ja, ich muss leider die Vergangenheitsform wählen, denn die Wissenschaft hat auch Feinde und Neider. Hierzu zählen die Ignoranten, die unser Tun für die Menschheit nicht wertschätzen, es womöglich gar mit Missachtung strafen oder vernichten wollen.

Eines Tages kam ich also nach Hause und fand weder Bonsai-Palmenwäldchen noch haarigen Beckenrandling und schon gar keinen Netzflicker mehr vor. Meine Lebensgefährtin, erklärte Gegnerin meiner Forschungsobjekte, wie sich in der anschließenden Podiumsdiskussion herausstellte, hatte meine Entdeckungen im Zuge einer Putzattacke entfernt. Und einmal mehr trat sie den Beweis an, dass es nicht zwingend in der Natur der Frau liegt, der Wissenschaft neue Erkenntnisse hinzuzufügen. Ich wage sogar zu behaupten – Madame Curie möge es mir nachsehen – dass eher das Gegenteil der Fall ist.

Für den reitenden Urzwerg kann ich demnach nur hoffen, dass es ihm rechtzeitig genug gelingt, wieder in die Versenkung abzutauchen, bevor ihn eine Gespielin Meister Propers dahinrafft. Der Schaden für die Menschheit wäre unermesslich.

Fließender Wechsel

Der Platz am Fluss hatte es mir seit meiner Kindheit angetan. Diese sechs Quadratmeter Unerreichbarkeit waren meine Andockstelle zum Paralleluniversum meiner Phantasie, unentdeckt von den fremden Mächten der Erwachsenenwelt. Er war die unerforschte Insel, auf die es Schiffbrüchige verschlug, nachdem sie tagelang durch das offene Meer getrieben waren. Dieses Fleckchen Erde war mein Rückzugsort, um die Wunden zu pflegen, die der Alltag in meine Kinderseele gerissen hatte. Verborgen hinter einem Vorhang von hohem Schilf richtete ich mir eine Welt ein, die allein meinen Regeln unterworfen war. Hier gab es keine Verbote. Hier gab es keinen Streit. Hier galt das Wort des gerechten Monarchen – mein Wort.

Dieser Platz war unantastbar, geschützt durch die unüberwindbaren Tiefen des Flusses, in dessen Fluten nichts überleben konnte. Seine Farbe war allenfalls in den Oden farbenblinder Dichter blau, in meiner Erinnerung war er immer schon bestenfalls ockerfarben gewesen. Vor allem, nachdem es geregnet hatte. Da trieb er breiter als sonst wie ein Strom aus Milchkaffee an mir vorbei, hatte es eilig davonzukommen und riss mit, was er an der Uferböschung zu fassen bekam.

Ich liebte seinen Geruch, der die Illusion aufkommen ließ, es befänden sich Fische darin. Ich genoss es, wenn er mir murmelnd seine Geschichten erzählte. Von seinen Reisen durch ferne Länder berichtete er, von wunderbaren Landschaften, die er durchschnitt. Von Menschen, die er traf und auch von den Unglücklichen, die ihr Leben in ihm beendeten. Manchmal tat er sich mit dem Wind zusammen und gemeinsam spielten sie ein Duett, das mich in den Schlaf begleitete.

An besonders schönen Sommerabenden gesellte sich die Sonne als Beleuchterin hinzu. Ganz langsam kolorierte sie die kleinen Wellen, erst blassrosa, dann rosenrot hin zu einem kräftigen Purpur, bis endlich die Dämmerung mit unsichtbarem Schwamm ihr Werk zerstörte und mich auf die Farblosigkeit der Nacht einstimmte.

In dieser Welt, weit weg von zu Hause, richtete ich mich ein, baute mir mein »Lägerle«. Ich hortete Schätze, von deren Existenz kein Mensch wissen durfte: Das leere Haus der weisen Schnecke Aurelia, die erkannt hatte, dass sie ohne den Ballast auf dem Rücken viel schneller vorankam. Die Zauberfeder des Raben Ludomir, die er mir schenkte, weil ich ihn aus den Fängen einer gefräßigen Katzenbande gerettet hatte. Und natürlich meine Lieblingsmurmel, mit der ich in die Zukunft sehen konnte. Ich sah, wie ich mit meinem Schwarm Ellen auf meinem Klapprad der untergehenden Sonne entgegen fuhr und spürte zum ersten Mal ein unerklärliches Kribbeln in der Magengegend, das mir ein wenig unheimlich war.

Als ich älter wurde, dachte ich, dieser Ort sei ein guter Platz für große Gefühle. Ich wollte das unerklärliche Kribbeln mit jemandem teilen. Doch meine Begleiterinnen blieben von der Magie meiner Insel unberührt. Der Zauber erreichte sie nicht. Sie sahen nur die Realität und die hieß: zu schmutzig, zu unbequem, zu viele ekelhafte Tiere. Wenn der Moment für große Gefühle oder das, was ich dafür hielt, noch zu retten war, gaben sie dem Auto den Vorzug. Meistens ließen sie sich gleich nach Hause fahren.

Im Sommer meiner Rückkehr bin ich oft zum Fluss gegangen. Er gab mir das Gefühl, wieder zu Hause zu sein. In der Zwischenzeit hatte ich Plätze an anderen Flüssen gesucht und gefunden, aber sie wurden nicht Teil meiner Geschichte. Die Wellen zogen dahin, ohne mir von anderen Ländern zu erzählen. Sie nahmen meine Fragen mit, ohne mir eine Antwort zuzuraunen. Ich sehnte mich nach den Erinnerungen, vor denen ich einst geflohen war. Sie waren mir lieber als die Eindrücke, die sich ungefragt in mein Leben schoben und mir das Gefühl gaben, nur ein Fremder zu sein. Und so begann ich meine Heimreise, auch wenn mich das Fernweh nie ganz verließ.

Meine kleine Stadt fand ich so vor, wie ich sie verlassen hatte. Es stimmte mich fröhlich und traurig zugleich. Hie und da hatte die Zeit dunkle Narben in ihre brüchige Haut gepeitscht, an einigen Stellen war sie brutal überschminkt oder neu eingekleidet worden. Ein bisschen zu modern vielleicht, wie eine Betagte, die noch einmal jung sein will. Und dennoch schlug mein Herz schneller. Sie konnte mir das geben, was ich vermisst hatte. Jeder Stein, jedes Hälmchen beschwor Erinnerungen herauf. Überall entdeckte ich vertraute Gesichter – sie wiesen mir den Weg zu den Spuren meiner Vergangenheit. Es war mir gleichgültig, dass sie mich nicht mehr erkannten. Sie lebten viele Jahre lang in einer anderen Welt und hatten sich darin eingerichtet. In einer Welt ohne mich. Es gab keinen Grund, daran etwas zu ändern. So ließ ich sie wortlos vorüberziehen, um mich selbst einzurichten. Ohne sie.

Eines Abends, als ich wieder am Fluss Zuflucht suchte, hörte ich ein Rascheln hinter mir. Knackend und krachend bahnte sich eine Gestalt den Weg durch die dichte Mauer des Schilfes. Halme wurden zur Seite gebogen, widersetzten sich der Kraft des Eindringlings und bezahlten dies mit dem Leben. Ich drehte mich um und sah, wie sich ein rothaariger

Junge mit erhitztem Gesicht den Zugang zu meinem Refugium erkämpfte. In der Hand hielt er ein Holzschwert, das er mit wildem Blick und äußerster Konzentration auf die Schilfstangen sausen ließ. Ich schätzte ihn auf sieben oder acht Jahre, sein Hemd und seine Hose flatterten um die schlaksigen Gliedmaßen und dennoch besaß er die verbissene Entschlossenheit eines Kriegers. Als er mich erblickte, hielt er inne. Den Mund und die Augen vor Schreck weit geöffnet stand er da und gab keinen Laut von sich. Quälend lang dehnten sich die Sekunden, das Schweigen zerrte an unseren Krägen und rüttelte uns. Ich versuchte mich an einem Lächeln und hob zur Begrüßung eine Hand. Der Junge schlotterte und starrte mich an, das Schwert entglitt ihm und fiel zu Boden. Seiner Waffe beraubt, sank sein Selbstbewusstsein und aus dem kühnen Eroberer wurde wieder das kleine, magere Bürschchen, das gewohnt war, alleine auf dem Schulhof zu stehen und sich den Spott der Schulkameraden anzuhören. »Kupferdächle! Karottenkopf! hörte ich sie brüllen und »Heh, bei dir färbt wohl dei verroschdets Hirn durch!« Und ihr Gelächter legte sich wie ein Netz über seine Seele, um sie am Boden zu halten. Sie beugten sich über ihn, um ihren gesamten Frust abzuladen, bis er kaum noch zu sehen war. Jede Träne provozierte neue Salven des Hohnes, jedes Wimmern katapultierte ihn weiter hinaus ins Niemandsland der Einsamkeit. In seinem hilflosen Blick spiegelte sich ein kleiner dicker Junge, dem diese Geschichte nur allzu vertraut war. Ich wollte ihn einladen, näher zu kommen, doch er löste sich aus seiner Erstarrung und rannte wie ein Gejagter zurück ins Schilf. Ich rief ihm nach, er müsse keine Angst haben, er könne doch bleiben, es sei doch Platz genug. Aber seine Schritte entfernten sich schnell, so, als habe er etwas Furchteinflößendes gesehen. Sogar sein Schwert hatte er in seiner Panik zurückgelassen. Ich trat ans Wasser und suchte mein Spiegelbild. Doch der Fluss war blind. Er scherte sich nicht darum, wer in ihn blickte. Ich hob die hölzerne Waffe auf und ging.

Einige Tage später kam ich zurück und fand den Platz nicht mehr unberührt vor. Einige Holzlatten waren in den Boden gerammt und mit einer alten Plane und einigen Schilfstangen abgedeckt worden. Ich stand vor einer Behausung nach den Bauplänen eines Robinson Crusoe. Ein gut getarnter Unterschlupf, eine temporäre Eremitage für den, der die Einsamkeit sucht. Innen zierten Comic-Helden die Wände und in einer Ecke waren ein Stein und eine Plastiktüte zu einer Sitzgelegenheit geworden – meine Insel war keine Insel mehr. Eine Verbindung zum Festland war entstanden.

In einer Ecke glitzerte es silbern unter einer Anhäufung von Laub und Ästen. Der Bewohner der »Hütte« hatte also auch einen Schatz. Die Neugier rang mein schlechtes Gewissen nieder und so näherte ich mich dem Versteck. Ich wollte mehr erfahren über meinen Mitgestrandeten. Sein Geheimnis zu kennen, würde mich mit ihm verbinden. Ich förderte einen kleinen Karton zutage, der liebevoll mit Folie beklebt war. Mit zitternden Händen hob ich den Deckel und war fast ein wenig enttäuscht, als ich nicht Schneckenhaus, Feder und Murmel darin entdeckte. Stattdessen lagen Figuren aus Überraschungseiern, ein Raumschiff aus Plastik und Karten mit Abbildungen von Feuer speienden Drachen und mordlüsternen Monstern darin. Ich verstand. Die Zeit machte auch vor Schätzen nicht halt.

Behutsam schloss ich das Kästchen, legte es zurück und bedeckte es wieder mit Laub und Ästen. In mir rührte sich das unbehagliche Gefühl, ein Eindringling zu sein. Dies war nicht mehr meine Insel, sie war bewohnt. Ich musste mich in der Adresse geirrt haben. Ich sah mich noch einmal um, ging zum Wasser, doch der Fluss war zu träge, um Entscheidungen zu fällen. Verstört legte ich das Holzschwert vor die Hütte und ging.

Die Abende wurden kühler. Schon bald würde der Herbst den Boden aufweichen und seine ungastliche Hülle über die Natur streifen. Stürme würden wütend an den Bäumen rütteln, um das gefärbte Laub von den Ästen zu reißen und mit ihm wilde Tänze aufzuführen. Regen würde den modrigen Geruch des Flusses aufwirbeln und ihn zu Gischt aufpeitschen. Das Ende des Sommers würde Abschied bedeuten. Für eine lange Zeit, vielleicht sogar für immer. Ein letztes Mal kehrte ich zurück zu dem mir fremd gewordenen Platz. Der Zugang zur Hütte war durch einen Pfahl verbaut, an dem ein Stück Papier darauf hinwies, dass der Zutritt für »Erwagsene verbohden« sei. Ich lächelte, nicht nur wegen der in Verzweiflung falsch angewandten Orthografie. Ich lächelte, weil ich erleichtert war. Erleichtert darüber, dass es jemanden gab, der diesen Platz so liebte, wie ich ihn geliebt habe. Mir gefiel die Vorstellung, einen Verbündeten gefunden zu haben, der den Zauber dieses Ortes erkannt hatte und um ihn kämpfte. Hier war nicht genug Platz für zwei und darum ließ ich ihn zurück, mitsamt dem unerklärlichen Kribbeln, dem Bild von Ellen auf dem Klapprad und dem großen Jungen, der sich immerzu auf der Flucht befunden hatte. Ich gab ihn frei für andere, die hier ihre Sicherheit suchten. Es war an der Zeit, meinen eigenen Platz im realen Leben zu finden.

Zum Abschied sandte ich dem Fluss eine Kusshand zu.

Feuriger Blues mit Requiem

Jede Stadt hat den Park, den sie verdient. Auch meine kleine Stadt kann damit aufwarten – eine überschaubare, feine, unaufdringliche Grünfläche, eine Insel, eingesäumt von zwei Kanälen, eigentlich mehr ein Pärkle, wie es Zugereiste ausdrücken würden, die den Schwaben ja Verniedlichung allerorten unterstellen. Unabhängig von seiner Größe trägt dieses stolze Stückchen Natur den etwas großspurigen Titel Naherholungsfläche, was auf den ersten und erst recht auf den zweiten Blick ziemlich weit hergeholt zu sein scheint. Prunk ist so gar nicht seine Sache. Seine Beete sind sauber angelegt und mit liebevoller Sparsamkeit bepflanzt: Blitzlichter statt Feuerwerk. Die Sitzbänke stehen in Reih und Glied, Logenplätze für das Idyll auf der Rasenfläche oder Eincheckterminals für Mentalreisen. Es ist still in diesem Garten, selbst die schaukelnden Kinder kreischen beherrscht.

In der Mitte des Grüns sitzen die Quotenpunks der Stadt. Einer von ihnen hat eine Gitarre dabei und intoniert seine Gemütslage: e-Moll, a-Moll, d-Moll. Schrimmel, schrammel, schrummel.

»I got the blues«, wehklagt er. Immer und immer wieder, weit ist sein Geheul zu vernehmen. Punk zu sein, ist offensichtlich auch nicht mehr das, was es einmal war.

Vielleicht wäre er glücklicher, wenn auch er mit brennenden Fackeln jonglieren könnte, wie die zwei jungen Männer neben ihm. Mit nackten Oberkörpern werfen sie sich die flammenden Keulen zu, fangen sie geschickt auf, um sie gleich darauf wieder in die Luft zu wirbeln. Ein Hauch von Petroleum umwabert die beiden Künstler. Mit spielerischer Konzentration und raubtiergleichen Bewegungen begegnen sie der Macht des Feuers, das gefräßig nach ihren Haaren züngelt.

Da passiert es – ein Fänger greift daneben, die Fackel saust auf die Punks zu. Ein kurzer Warnlaut, dann kugelt das Grüppchen in alle Richtungen auseinander, nur die Gitarre bleibt zurück.

Mit einem knirschenden Geräusch dringt der Aluminiumstab in den Korpus, reißt ein faustgroßes Loch in die Außenhaut, in das die Flamme ihre Zähne schlägt.

Jongleure und Punks sehen der Agonie des Instruments zu, das sich selbst mit einem knarzenden Requiem in ein anderes Leben begleitet, bis es beim Reißen der E-Saite mit einem letzten »Pling« sein Leben aushaucht.

»Au Scheiße, sorry du.« Einer der Akrobaten bricht als Erster das Schweigen, dann kommt Leben in die Menschen, die starr der Zeremonie beiwohnten.

»Geile Pyro-Show, Alter«, schreit einer. »Das hätte Kurt Cobain nicht besser hingekriegt.«

Die anderen lachen, nur der Gitarrist schaut ein wenig frustriert. Nun hat er ihn wirklich, den Blues – nur wird er ihn wohl fortan, sofern vorhanden, auf dem Kamm spielen müssen.

Em Vorbeilaufa:
Kunst und Handwerk gehören zusammen

Mann 1:	Ja, jetzt griß Gott. Wo kommet Sie denn so spät no her?
Mann 2:	Von der Volkshochschual.
Mann 1:	Was wellet Se denn do?
Mann 2:	i mach en Malkurs.
Mann 1:	Ha, net schlecht. Sen da no Plätz frei?
Mann 2:	Ja scho. Wieso, wellet Se au 's Mola afanga?
Mann 1:	Ha ja. Mei Schlofzemmer hätt's dringend nedig.

Sodele – das schwäbische Möbelhaus für Heimwerker

Auf eine grandiose Geschäftsidee brachte mich mein Nachbar Herr Pfeiffer, ein älterer Herr, für den ich manchmal einkaufe. Als er sah, dass ich die Rücksitze meines Wagens umklappte, war er der Meinung, es sei schon wieder Wochenende und somit Zeit, die Lebensmittelvorräte aufzufrischen. Er kam mit seinem Zettel, auf den er die Dinge notiert hatte, die ich ihm besorgen sollte, zu mir herüber und wollte mir eben schon Geld in die Hand drücken, als ich den Irrtum aufklärte.

»Nein, Herr Pfeiffer, wir fahren nicht in den Supermarkt, sondern zu Ikea.«

Der alte Mann zögerte einen Moment, drehte dann sein Hörgerät lauter und fragte: »Wo ganget er na?«

»Zu Ikea«, wiederholte ich. Er schüttelte den Kopf.

»Des han i no nie ghert. Kennet'r mir was mitbrenga?«

Sprach es und reichte mir erneut Einkaufsliste und einen 20-Euro-Schein.

»Nein, Herr Pfeiffer, wir fahren heute nicht einkaufen«, klärte ich ihn auf. »Heute ist ja erst Donnerstag. Wir fahren zu Ikea, das ist ein schwedisches Möbelhaus.«

Er tat mir fast ein wenig leid, wie er so dastand und nicht begriff, wovon ich sprach. Er ließ seine Arme sinken, seine Lippen bewegten sich tonlos, dann raffte er sich noch einmal auf und fragte:

»A schwäbischs Möbelhaus? Ja, was gibt's denn do?«

Es dauerte noch ungefähr eine halbe Stunde, bis wir ihn überredet hatten, wieder ins Haus zu gehen, seine Liste bis

Samstag aufzubewahren und sich keine Gedanken um Möbelhäuser jedweder Herkunft zu machen.

Aber als mir in einer ruhigen Minute diese Szene wieder einfiel, bemerkte ich erst, welch eine große Geschäftsidee in dem Hörfehler des alten Herrn schlummerte. Eine schwäbische Möbelhauskette mit Einrichtungsgegenständen, die kinderleicht aufgebaut werden können und deren Namen für sich sprechen. So wie es ihnen ihre schwedischen Pendants Billy, Ivar und Lykta vormachen.

Dieses Möbelhaus kann eigentlich nur »Sodele« heißen. Dieser Ausruf des zufriedenen Bastlers, hervorgeseufzt im Moment der letzten Schraubendrehung, bei der Fertigstellung eines Gegenstands oder seinem Anrücken an den vorgesehenen Platz, steht für das Lebensgefühl, dem die neue Ladenkette dient. Hier findet der Schwabe alles, was zur Steigerung des persönlichen Glückes erforderlich ist. Mit einem »Sodele« werden schwere Pakete in die Einkaufskarren gehievt, mit einem »Sodele« überreicht die Kassiererin den Kassenbon und mit einem »Sodele« wird die Heckklappe zugebunden, weil der Schrank »Teck« nicht in den Kofferraum passt.

Begeben wir uns ins Innere dieses Tempels der 1000 Verlockungen.

Im Garderobenbereich empfängt uns der Hutständer »Iffezheim«. Für Derby-Liebhaber ein Muss, aber unabdingbar auch für Entscheidungsträger, die ständig »den Hut aufhaben«. Auch diese Leute haben ja mal Freizeit und müssen ihn von Zeit zu Zeit ablegen. Schuhe, bei denen nicht genau gesagt werden kann, wo sie drücken, kommen natürlich sofort ins Schränkchen »Lurchi«.

Die Küchenabteilung bietet nun wirklich alles, was die Herzen der Freunde des lukullischen Genusses höher schlagen lässt. Da haben wir vor allem den Backautomat »Klinsi«. Seine Anfangsmängel, das Backen viel zu kleiner Brötchen, sind abgestellt. Aus unreifen Früchtchen wurden Sahneschnittchen, an der Crème de la Crème wird noch gearbeitet. Bestens geeignet ist der »Klinsi« auch für Singles beiderlei Geschlechts, deren Partner erst noch gebacken werden müssen.

Ganz anders der Schnellkochtopf »Stuttgart 21«. Er gart auch die härtesten Brocken mit viel Dampf und Getöse, ist robust und auf Langzeiteinsatz konzipiert. Die patentierte Verschlusseinrichtung sorgt dafür, dass auch in den heißesten Phasen nichts herauskommt.

Weiter geht es in die Geschirrabteilung. Das Service »Pforzem«, nur echt mit der Goldkante, verschönert jedes Mahl, da sehen selbst Kutteln und saure Nierle manierlich aus. Dazu ein schöner Wein aus dem Kristallglas gewordenen Traum »Blautopf«, so tief, dass die Oberfläche bläulich schimmert, was sich nach Leeren des Trinkgefäßes auch auf die Anwender überträgt. Schöner kann man Tafelfreuden nicht genießen.

Der Weg führt uns direkt in den Wohnbereich. Dort werden wir von einem wahrhaftigen Edelmöbel empfangen. Die Sitz-Liege-Kombination SLK 500 mit Ruheverstärker, Schallglocke, Überschlagbügel und automatischer Rebensafteinspritzung kann nur als purer Luxus bezeichnet werden und bringt in Kombination mit der Massageeinheit »Mai Thai« Wellness direkt zu Ihnen nach Hause. Am besten wirkt die SLK 500 übrigens mit dem Sodele-Wasele-Regal SWR, eine Medienkombination, die hin und wieder dazu neigt, leicht einzustauben, aber ob ihrer vielfältigen Ausführungen (lieferbar sind die Versionen 1 bis 4) in jeden Haushalt passt. Warum das Beistelltischchen für das Jugendzimmer »Ding« heißt, bleibt ein Geheimnis der Marketingexperten von »Sodele« und zeugt ein wenig von Einfallslosigkeit.

A propos Jugendzimmer. Führend ist in diesem Bereich das Modell »Bärenhöhle«. Mit Nischen aus Pappmaschee, Tier- und, gegen Aufpreis, auch menschlichen Skeletten aus Kautschuk erleben die Kleinen eine veritable Simulation der Behausung Rulamans. Dieses Material ist auch dann absolut ungefährlich für den Organismus, wenn ein kleiner Sünder ohne Nachtessen ins Bett geschickt wird. Auch für feuchte Zimmer besonders geeignet. Der Clou sind die aufblasbaren und mit dem Türrahmen verbindbaren Stalagmiten und Stalaktiten. Zwischen ihnen wird so mancher kleine Forscher beim Versuch, nächtens seiner Behausung zu entkommen, entkräftet aufgeben und in tiefen Schlaf sinken.

Ein tiefer und erholsamer Schlaf ist auch all jenen garantiert, die sich für das Federbett »Henn' ihr Henna« entscheiden. Gefüllt mit den Daunen extrem glücklicher Hühner, die ohne Federkleid in den Wienerwald auswanderten, um sich dort einer Wärmebehandlung zu unterziehen.

Den Kleiderschrank »Teck« – genau der, der nicht in jedes Auto passt – haben Sie ja bereits kennen gelernt. Er ist nur für hohe Räume geeignet. Die etwas niedrigere, aber wesentlich breitere Version ist das Modell »Albplateau«. Bitte vergessen Sie nicht, nach Gebrauch die Schranktüren zu schließen. Durch die unendliche Weite seines Innenlebens hallt jedes

Wort wochenlang nach. Ein weiteres Utensil, das in jedes Schlafzimmer gehört, ist unsere Nachttischleuchte »Lothar«. Da kann es noch so düster sein und noch so spät werden, »Lothar« ist und bleibt eine Cleverle-Lösung.

Das Gästezimmer »Stammheim« überzeugt durch schlichte Eleganz und ästhetische Zurückhaltung. Die praktischen Stahlpritschen »Orthopedia« können nach Gebrauch platzsparend an die Wand geklappt werden. Die Holzstühle »Spreißer«, der Plastiktisch »Kippel« und die chemische Toilette »Fildern« geben Ihren Gästen das wunderbare Gefühl, willkommen zu sein. Für hartgesottene Besucher, die sich länger als drei Tage einrichten wollen, empfehlen wir das Weckmodul »B 10«, das ab 4 Uhr 30 die Geräuschkulisse einer vielbefahrenen Bundesstraße direkt unter den Fenstern Ihres Gästezimmers erzeugt.

Baden-Württemberg ist ein Bäderland und diesem Ruf wird auch die Möbelkette »Sodele« gerecht. Traumhafte Accessoires wie der Duschvorhang »Sapperlott«, der sich auch bei geringstem Körperkontakt fest anschmiegt und der Seifenspender »Jessasglomp« verleihen auch kargen Nasszellen einen Hauch von Therme. Neu im Angebot ist die Duschmatte »Bodensee«, der Form des schwäbischen Meeres so täuschend echt nachempfunden, dass die Illusion entsteht, man könne über Wasser gehen. Auch für Konfessionslose geeignet.

Menschen mit einem ausgeprägten Kulturverständnis kommen natürlich auch an der Toilettenpapierhalterung »Götz« nicht vorbei. Lieferbar mit dem Sechserpack »Lettagschwätz, dreilagig«, Blatt für Blatt mit den schönsten Wahlversprechen der letzten 50 Jahre bedruckt.

Eine schlechte Nachricht hat »Sodele« für alle Fans von »Erwin«, dem teuflisch guten Bücherregal. Die Restbestände des soliden Möbels sind inzwischen vergriffen. Das schneidige Nachfolgemodell »Günne« steht schon bereit. Ob es jedoch ein Dauerbrenner wird wie sein Vorgänger, bleibt abzuwarten.

Im Foyer kann sich der Heimwerker dann durch regionale Leckereien zum Selbermachen stärken. Für nur einen Euro gibt es Mehl, Eier, Wasser und ein Stück Käse, um Käsespätzle zuzubereiten. Ein Schabebrett gibt es umsonst dazu.

Gleich nebenan gibt es die praktischen Zubehör-Tütchen, die bei keinem Einkauf fehlen dürfen. Darin befindet sich natürlich kein Inbusschlüssel, mit dem Schrauben kreischend versenkt werden. Nein, der Schwaben Lieblingsgeräusche sind, neben dem des laufenden Rasenmähermotors, das Klopfen und Pochen. Daher liegen in jedem Fall ein Hämmerle und die dazugehörigen Nägele bei.

Ja, das »Sodele« wäre eine feine Sache. Es würde das regionale Selbstbewusstsein weiter stärken und gäbe mit seinen Produkten den Eigenheimen Baden-Württembergs eine unverkennbare Note. Arbeitsplätze würden entstehen, nicht nur im »Sodele« selbst, sondern auch bei Zulieferbetrieben, die Nachbarländer würden neidisch über die Grenze schielen, Nachahmer würden das Konzept kopieren, hätten aber niemals den gleichen Erfolg, weil das Original halt immer noch am besten ist. Der Aufschwung käme ohne Mühe auf zweistellige Zuwachsraten. Aus dem schlichten Hörfehler eines Rentners könnte also eine ökonomische Revolution entstehen. Also, warum warten: Grübeln Sie noch oder planen Sie schon?

Außer Besa nichts gewesa

Vielerorts wird dem Schwaben gern unterstellt, er sei, was die Kommunikation mit anderen anginge, nicht unbedingt einer, der das Herz auf der Zunge trage. Böse Zeitgenossen interpretieren die Einsilbigkeit gar als eine Art Debilität. Dabei wäre Pragmatismus der richtige Begriff, denn es gilt die Faustregel, dass nur dann geredet wird, wenn es denn unbedingt sein muss. Oder wie es ein Freund von mir auf den Punkt brachte, der gefragt wurde, warum er denn so früh von einer Party verschwunden sei: »I han gut gessa, i han gut dronka ond i han au älles gsagt.«

Ein Wort, wie es in jede Maultasche geritzt gehört, denn er sprach damit sicher vielen aus der Seele. Sparsam wie wir Schwaben nun mal sind, wird kein Ton zuviel gesprochen. Wir setzen Sprach-Ökologie gegen unsinnige Dampfplauderei.

Wenn jedoch Alkohol ins Spiel kommt, der Schwabe sich unter seinesgleichen wähnt oder sich gar in der Balz befindet, dann ist es mit der Zurückhaltung vorbei. Da werden Witzle gerissen, Schwänke aus dem eigenen Leben zum Besten gegeben, es wird schwadroniert und geschwafelt bis die Tafel wackelt. Dafür bedarf es natürlich des richtigen Umfelds, und da zieht es der Schwabe vor, sein Mitteilungsbedürfnis auf engstem Raum zu befriedigen – »do wo's gmiatlich isch«, zum Beispiel im Rahmen einer »Hocketse« oder in der »Besawirtschaft«. Dann kann es sogar vorkommen, dass sich der Einheimische den »Reigschmeggten« gegenüber aufgeschlossen zeigt und über den Klang anderer Dialekte großzügig hinweghört.

Ein junger Mann und seine Begleiterin, beide eindeutig Vertreter einer anderen Landsmannschaft, hatten sich ein solches Lokal, das sich einen Ruf als die beste »Besawirtschaft« in der Region erworben hatte, für ihr erstes Rendezvous ausgesucht. In Wahrheit handelte es sich um den ausgebauten Geräteschuppen eines Wengerters, der weitestgehend im ursprünglichen Zustand belassen worden war, um dem Raum mehr Authentizität zu verleihen. Hätten die beiden um die Besonderheiten schwäbischer Kommunikation an solchen Orten gewusst, hätten sie womöglich ein anderes Plätzchen für ihr erstes Treffen gewählt.

Ohnehin wäre ihm ein opulentes Mahl in gediegener Atmosphäre lieber gewesen, bei Kerzenlicht und romantischer Musik, doch als vor Liebe blinder Galan folgte er ihrem Wunsch, endlich einmal einen »Besa« von innen zu sehen. Sie habe nur Gutes gehört, die Stimmung sei so toll und man komme mit anderen Menschen schnell in Kontakt, das sei doch einmal etwas »Original Schwäbisches«, wie man es nur noch selten geboten bekomme. Hier hätte er schon aufmerksam werden müssen, hatte er doch in Sachen Kontaktaufnahme nur eine Person im Sinn.

So fand sich das Paar in spe schon bald in der übersichtlichen Gaststube wieder, die bereits stark frequentiert war. Eng gedrängt saßen die Menschen auf einfachen Holzbänken, hielten ihr Weinglas fest, auf dass sich dem jeweiligen Sitznachbarn keine Gelegenheit böte, es versehentlich oder »grad zom Bossa« zu leeren, lauschten den heiteren Weisen des Akkordeon-Trios oder forderten polternd die Darreichung neuer Trinkgebinde an. Unsicher sahen sich die jungfräulichen Besa-Gänger um. Da jedoch Unsicherheit in einem engen Raum den Handlungsspielraum des Personals erheblich einschränkt, wurden sie zu einem Tisch bugsiert, an dem eine Männergruppe dem Rebensaft schon heftig zusprach. Wie sich schnell herausstellte, handelte es sich bei den Herren um eine Delegation des ansässigen Kegelvereins, die den Geburtstag des Vizevorsitzenden Hans-Eugen feierten. Wurde Hans-Eugen eben noch mit »Dreimal hoch« besungen und musikalisch zum weiteren Ausschank von Getränken aufgefordert, schwang das Interesse mit der Ankunft der jungen Dame schnell in eine andere Richtung.

»Do hoggat euch her«, wurden die beiden Ankömmlinge begrüßt, wobei die einladende Geste nur dem weiblichen Part des Gespanns zu gelten schien. Massive Körper wuchteten auseinander, um Lücken zu schaffen. Die junge Dame wurde bereitwillig in die Mitte aufgenommen, während ihr Begleiter Mühe hatte, sich an das Tischende zu quetschen. Eiligst wurde ein Gläsle für die durstige Maid beschafft, das süße Göschle mit einem Stück Schmalzbrot gestopft, während der verzweifelte Liebhaber in spe für die eigene Versorgung selbst zuständig war und zusehends seine Felle schwinden sah, den Abend romantisch zu beschließen.

Die W-Fragen purzelten nur so über den Tisch und türmten sich vor der jungen Frau. »Wie hoißet'r?«, »Wo kommat'r her?«, »Was machet'r?« Artig gab die junge Frau Auskunft und jede Antwort wurde mit einem »Prosit der Gemütlichkeit« belohnt. Sie lächelte glücklich, ihre Prophezeiung schien sich zu erfüllen, der Kontakt zu Fremden war hergestellt und lustig schien es obendrein zuzugehen. Gerne nahm sie Schlückchen aus dem kleinen Henkeltöpfchen und prostete ihrem Begleiter zu. Er wiederum erntete nur misstrauische Blicke, die sich wenig stimmungserhellend auswirkten. Gerne hätte er seiner Dame des Herzens ein Lied beim Akkordeonspieler bestellt, ihr den Arm um die Hüfte gelegt. Er hätte dem Blumenverkäufer auch gern eine Rose abgekauft, um sie dann gegen ein Küsschen auf die Wange überreichen zu dürfen. Und er hätte es auch lieber gesehen, wenn ihr aufgrund seiner Worte die Röte ins Gesicht gestiegen wäre und nicht aufgrund der zweideutigen Scherze, die Helmut, der ihr gegenüber saß, riss. Es schien gar so zu sein, als entferne er sich immer mehr von ihr, als ob die Gesellschaft ihn »hinauskegele«. Lediglich als es darum ging, eine neue Runde zu bestellen, war er gern gelittener Gast. Sie prostete ihm dankbar zu, um im nächsten Moment wieder eine Lachkaskade loszufeuern, weil Helmut, mit Lampenschirm auf dem Kopf, einen Kasatschok aufs Parkett legte. Er war verzweifelt. An ein Kennenlernen war nicht zu denken.

Der Wein, der nun in immer kürzer werdenden Frequenzen bestellt wurde, verfehlte seine Wirkung nicht. Die Herzensdame und der Kegelclub erklommen gemeinsam Gipfel der Glückseligkeit, während er unten im Tal des Trübsinns hockte und vor sich hinstarrte. Kurz geriet er dadurch ins Rampenlicht des Interesses, als Hans-Eugen aufstand, auf ihn zeigte und mit schwerer Zunge fragte:

»Was hott'r denn, der Kerle? Der guckt so traurig.«

Strenge Blicke legten sich um seinen Hals, verknoteten sich und nahmen ihm die Luft. Kein Wort kam über seine Lippen, er konnte nur mit den Schultern zucken.

»Gfallts dr net bei ons?«, dröhnte der Herr, der sich als Karl-Heinz vorgestellt hatte und direkt neben der jungen Frau saß.

»Deiner Frau gfallts guat«, schob er nach, und als sie dem Bedauernswerten mit nur einem Satz den Restabend vernichtete, wäre er am liebsten gegangen.

»Nein, nein«, sagte sie und schüttelte ihr Köpfchen, dass die Haare nur so flogen und in wirren Strähnen auf der Stirn kleben blieben, »wir sind gar nicht zusammen. Also, wir sind zusammen hier, aber nicht zusammen.«

Nun gab es für die Kegelbrüder kein Halten mehr. Heftig wurde die zum Freiwild Erklärte betanzt, beschunkelt, mit Wein und Häppchen gefüllt, angesungen, angereimt, auf den Tisch gestellt, beklatscht, belacht, bewundert. Am Tischende wuchs bei ihrem Begleiter der Wunsch, eine Flasche an den Mund zu führen und sich vom Alkohol in andere Sphären tragen zu lassen. Allein die Tatsache, dass »Besawirtschaften« selten in den Zentren von Metropolen liegen und daher selten bis gar nicht von öffentlichen Verkehrsmitteln angesteuert werden, hielt ihn davon ab. Er war zum Fahrer auserkoren und wenigstens in dieser Funktion wollte er gute Arbeit leisten. Vielleicht, so keimte ein zierliches Pflänzchen der Hoffnung, vielleicht war es ihm möglich, ihr auf der Rückfahrt seine Liebe zu gestehen.

Er musste also nüchtern betrachten, wie Hans-Eugen, Karl-Heinz und Konsorten alle Register des schwäbischen Charmes zogen, munter daherplauderten und immer mehr auf Tuchfühlung gingen.

Die junge Frau fand daran nichts Verwerfliches. Sie ließ sich nicht lange bitten, trank Brüderschaft mit jedem, der sie aufforderte, bestellte Runden auf die Rechnung ihres Begleiters, verteilte Küsschen, tauschte die harte Sitzbank gegen die Schöße der Tischnachbarn und hatte so gar nichts gegen Hände, die sich lüstern auf ihre Schenkel legten.

Der vor Eifersucht Bebende fand Trost in dem mitleidigen Lächeln der Kellnerin, die ihm beim Abstellen der dritten großen Apfelschorle die Hand auf die Schulter legte. »Letschte Runde, Herrschaften«, kündigte sie an und er fühlte Erleichterung und Dankbarkeit zugleich. Ein Besuch in einem Besa besticht durch Kürze, was dem Kegelverein überhaupt nicht schmeckte. Ein ohrenbetäubendes Raunen der Enttäuschung füllte den kleinen Raum, unzählige »Ha komm«, »Kosch et mache«, »Gibt's doch et« wurden ausgestoßen. Doch die Bedienung blieb hart, ließ keine Widerrede zu, räumte die leeren Gläser ab und verbarrikadierte sich hinter ihrem Tresen.

»No brengsch ons no an Obschdler fir älle«, lallte Karl-Heinz, wies mit dem Finger auf den Nüchternen und fügte an: »Ond der do zahlt.«

Sein empörtes Schnaufen wurde vom Knirschen der Zähne erstickt. Er wollte in ihren Augen nicht als Geizhals gelten und so nahm er erneut das Urteil an, das er als Höchststrafe empfand. Die Runde kam, wurde mit Johlen begrüßt, »dem edlen Spender sei ein Trullala«, »Hoch dr Kolba, nei dr Zenka, morga miss mr Wassr trenka« und schon verschwand er aus dem Gedächtnis der Feiernden. Die unbarmherzige Bedienung kam, den Rechnungsblock in der Hand, Geld wechselte den Besitzer. Viel zu viel Geld für einen nüchternen und ernüchternden Abend, wie er fand.

Die Frage »Wo ganga mr jetzt no?« kam auf. Die Auswahl am Ort fiel dürftig aus, konzentrierte sich nur noch auf eine Stelle, das Vereinsheim vom FC, dennoch wurde der Vorschlag – Hans-Eugen sei ein Trullala – gefeiert wie die Deutsche Meisterschaft.

»Ganget'r no mit?«, wurden sie gefragt. Er schüttelte so vehement den Kopf wie sie bejahte, und sein Drängen, doch mit ihm zu kommen, wurde von ihr mit einem abfälligen »Langweiler« quittiert. So endete die Schwärmerei, noch bevor sie ihre verlockende Frucht entfalten konnte. Er fahre nach Hause, sagte er. Ließ es klingen wie eine Drohung und meinte es auch so, denn von diesem Ort käme sie ohne ihn auf keinen Fall mehr weg. »Spießer«, das war ihr letztes Wort, dann trug der Kegelclub sie fort.

Fassungslos sah er ihr nach. Damit hatte er nicht gerechnet. Sie ließ ihn stehen wie einen begossenen Pudel, gab ihm statt des Apfels der Verführung einen Korb. Müde ließ er sich auf die Bank sinken, starrte vor sich hin und das Blut rauschte in seinen Ohren. Noch nie hatte er sich so allein gefühlt. Die Liebe überschritt in Sekundenschnelle die dünne Linie zum Hass und er schlug auf den harten Holztisch ein, bis die Hand schmerzte.

»Hano, hano«, näherte sich eine sanfte Stimme. Zarte Finger strichen ihm über den Kopf, eine Hand stellte ein Glas Schnaps auf den Tisch. Die Kellnerin sah ihn besorgt an.

»Jedzd drengsch erscht mol a Schnäpsle«, sagte sie und lächelte.

Dankbar führte er die feurige Flüssigkeit zum Mund und stürzte sie in einem Zug hinunter. Er hustete und würgte, als sich das hochprozentige Gebräu den Weg in seine Eingeweide fraß.

»Om dui ischs et schad« sagte die Kellnerin. »Dui kommt oft.«

Er verstand nicht und sah sie so mit treudoofen Augen an, dass es ihr fast das Herz zerriss.

»Die ischs Maskottchen vom Verei, wemmer so will«, führte die junge Frau weiter aus und schnaubte verächtlich.

Er hing an ihren wohlgeformten Lippen, allein er konnte im Gesagten keinen Sinn erkennen. Tonlos formte er die Worte nach, ließ selbst das Schnauben nicht aus und rührte die Kellnerin erneut zutiefst, sodass sie zur Theke eilte und ihm mit einem betonten Knall die Flasche auf den Tisch stellte. Er glotzte den Hochprozentigen an, entkorkte ihn und nahm einen gewaltigen Schluck. Heftig atmend rang er nach Luft und als er sich erholt hatte, ließ er einen zweiten folgen. Als wäre der Obstbrand Benzin, der einen Motor zum Laufen bringt, sprang sein Gehirn an, stellte Zusammenhänge her, die wiederum so unfassbar schienen, dass er noch einen Schluck nahm, um sie rasch wieder zu vergessen. Die Kellnerin lächelte milde, strich über seine Wange, entfernte sich, nur bis zur Tür, machte ihm ein Zeichen, ihr zu folgen. Er folgte auf wackeligen Beinen und mit schwerem Kopf, voll von wirren Gedanken, aber es war auch schon egal, denn sie war gegangen, dann konnte er doch auch gehen, und zwar wohin er wollte. Er folgte der Kellnerin in ihr Nachtgemach, und als er am nächsten Morgen aufwachte, sich so gar nicht mehr erinnern konnte, viele Fragen und noch einiges mehr auf der Zunge brannten, da erlebte er zum zweiten Mal innerhalb von 24 Stunden schwäbisches Kommunikationsverhalten.

Als er die Serviererin mit schuldbeladenem Blick ansah, schüttelte sie nur sanft ihren Kopf, legte ihm einen Finger auf die Lippen und sagte: »Schwätz mr nemme drüber.«

Em Vorbeilaufa: **Die Quasselstrippe**

(Eine ältere Dame geht mit ihrem Enkel, ungefähr zwei Jahre alt, in der Fußgängerzone spazieren. Als sie eine Bekannte trifft, hält sie an.)

Dame 1: *(mit Enkel)* Hallo, Frau Schefenacker. So, au onderwegs?

Dame 2: *(betrachtet Enkel von Dame 1)* Ha ja, a bissle gucka, gell? *(beugt sich zu dem Kind hinunter)* Ond wer bisch du? *(Da sie keine Antwort erhält, richtet sie sich wieder auf.)* Isch des dr Kloi von dr Angelika?

Dame 1: *(betrachtet Enkel stolz)* Ha ja, des isch dr Fabian. *(Sie beugt sich zum Zweijährigen hinunter.)* Gell, Fabian? Sag amol griaß Gott zur Frau Schefenacker.

(Fabian geht in die Hocke, um mit den Fingern in einer Straßenritze herumzustochern.)

Dame 1: Mir sen beim Eikaufa. Erzähl mol, was mr scho älles eikauft hen.

(Fabian betrachtet einen Stein in seiner Hand und schiebt ihn in den Mund.)

Dame 1: Beim Metzger simmer scho gwea ond a neie Hos hemmer gfunda ond fir dr Opa a neis Hemmad.

Dame 2: Groß isch der gworda. Als i den zum ledschda Mol gseha hab, da war der ja no so kloi.

(Sie zeigt mit den Händen die empfundene Körpergröße.)

Dame 1: Oh, des goht so schnell. Dem kosch zugucka beim Wachse. Gell, Fabian? Sag: i geh ja scho bald in dr Kendergarda.
(Fabian wendet sich ab, sieht einen Hund und macht einige unsichere Schritte auf ihn zu.)

Fabian: Wauwau.

Dame 1: Die Jonge sind übers Wocheend an dr Bodesee gfahre. Die kommat ja sonschd au nemme raus. No hemmer gsagt, mir nehmat dr Fabian zu ons. Gell, Fabian? Sag: Bei dr Oma isch's ja au schee.
(Fabian wirft den Stein nach dem Hund, der fängt an zu bellen, Fabian zuckt zurück und hält sich an den Beinen seiner Großmutter fest. Sie streicht ihm zärtlich über den Kopf.)

Dame 2: Ond laufe kann er au scho ...

Dame 1: Ha, ond wia. Der isch gar nemme zum halta. Gell, Fabian? Do kommt d'Oma bald nemme mit.

Dame 2: *(beugt sich zu Fabian hinunter)* Ond was machsch no dr ganze Tag bei dr Oma? Hilfsch ihr a bissle?
(Fabian versteckt sich hinter seiner Großmutter.)

Dame 1: Haja. Sag: Beim Hofkehra ond beim Kocha. Ond em Opa beim Audowäscha.

Fabian: *(spickelt hinter den Beinen der Großmutter hervor)* Audo.

Dame 2: Jaja, aus Kender werdet Leid. *(Pause)* Ah, do kommt mei Ma. Mr missat weider. Ade, Frau Bächle. Adeade Fabian. *(Sie winkt Fabian zu.)*

Dame 1: *(zu Fabian)* Sag: Ade, Frau Schefenacker. Bis zum nächschden Mal.

(Fabian steckt sich einen Zeigefinger in die Nase. Dame 2 geht auf ihren Mann zu.)

Mann: Wer war denn des?

Dame 2: Ha, d'Frau Bächle. Ond ihr Enkele, dr Fabian.

Mann: Heilandsblitz, isch der groß gworda.

Dame 2: Haja, ond laufa kann der au scho.

Mann: Jetzt kann i gar nemme.

Dame 2: Ond schwätza duat der. Wia a Buach.

Kaschmir und Dätschmir

Unter den vielen Sehenswürdigkeiten meiner kleinen Stadt befindet sich auch eine Burg, die in Wahrheit keine ist. Eigentlich ist sie nur Bestandteil der historischen Stadtmauer, diente also eher der Wehrhaftigkeit denn zu Repräsentationszwecken. Auch wohnten hier nicht Fürsten, Herzoge oder Könige. Und Prinzessinnen, die es zu erobern galt, schon gleich gar nicht.

Heutzutage wimmelt es nur so von ihnen. Denn viele, wenn nicht sogar alle Bräute in meiner kleinen Stadt können einer Hochzeit in Weiß nur dann etwas abgewinnen, wenn sie vor romantischer Kulisse, wie nur die Burg sie bieten kann, fotografiert werden. So ist es nur wenig verwunderlich, dass dies zuweilen zu logistischen Problemen führt, vor allem im Mai, denn als perfekt kann eine Eheschließung nur dann gelten, wenn sie im Wonnemonat vollzogen wird. Es fügt sich ein Bild zusammen, wie es Rosamunde Pilcher nicht besser hätte ersinnen können: Prinzessin trifft Burg zur besten blütenberstenden Zeit und selbst der Bräutigam darf einen Moment davon träumen, wie es ist, seiner Liebsten ein Märchenschloss zu errichten. Reihenhaus, später. Doch wie im wahren Leben, so entpuppt sich auch an diesen »schönsten Tagen des Lebens« die Zeit als der natürliche Feind der Romantik. Sie kommt in Gestalt des Fotografen mitsamt seinem Tross daher, die nichts anderes zu tun haben, als die Vermählungswilligen zur Eile anzutreiben. Im Paarlauf mit und ohne Hebefiguren gilt es, von einem Motiv zum anderen zu traben, bevor andere die schönsten Plätze belegen. Ansonsten droht die gleiche Szenerie, wie sie auf einer

Minigolfanlage gang und gäbe ist. Alle müssen warten, bis der ungeübte Spieler seine Kugel versenkt hat oder frustriert die Bahn verlässt.

Röcke werden gerafft, Schleier fliegen umher, die Bändchen am Brautstrauß flattern aufgeregt im Wind. An den freien Plätzen angekommen, betrachten die mürrischen Bräute im Handspiegel besorgt den Sitz der eigens für diesen Tag angefertigten 150-Euro-Frisur, zupfen sich mit falschen Nägeln den Pony zurecht, verlieren dabei eine Perle, wenn nicht gar einen Zacken aus der Krone, worauf der Angetraute geschlagene 15 Minuten damit beschäftigt wird, das verloren gegangene Schmuckstück zu suchen. Genug Zeit, um sich der Garderobe der Konkurrenz zu widmen. Spöttisch werden die belipglossten Lippen verzogen, wohl wissend, die richtige Wahl getroffen zu haben, was beim Anblick des unbeholfen auf den Knien herumrutschenden Ehemannes angezweifelt werden darf. Kleider machen Bräute. Entnervt geben sie den Herren der Schöpfung zu verstehen, es gut sein zu lassen, der Fotograf dränge schon, und rücken ihm die Fliege zurecht, die inzwischen durch sein nervöses Herumhantieren parallel zur Knopfleiste des Hemdes steht. Und so schallt es aus den Kehlen der missmutigen Neugattinnen:

»Kasch mir mal en Gfalle do ond des Gezoddl in Ruah lasse?«

Gar nicht mehr schlossherrenlike ziehen die Gescholtenen eine Schnute wie kleine Jungen, denen die Mutter verboten hat, Frösche zum Platzen zu bringen, ähneln gar ein wenig diesen Amphibien, womit sich der Kreis schließt. Eine Burg, eine Prinzessin, ein Frosch – was kann bei diesem Märchen noch schief gehen? Ach ja, die Zurückverwandlung, sie müsste ihn an die Wand werfen, das würde sie in diesem Moment auch gern tun, und nicht etwa küssen, wie es oft falsch überliefert wird. Sie entscheidet sich dennoch für die zweite Variante, weil es der Fotograf so will, und schon kommt Leben in die Menge, denn das Motiv »Sinnliche Lust auf Hängebrücke« wird frei. Dort angekommen, gilt es die leicht aufgelöste Wimperntusche wieder in Form zu wischen – da hat der Kosmetiker wohl am Material gespart – und die geröteten Wangen zu überpudern. Um die Galane nicht ganz so untätig während der Restaurierung zu wissen, bekommen sie die nicht benötigten Restutensilien mit den Worten »Dätsch mr gschwind mei Däschle halde?« ausgehändigt. An den Mienen der Betroffenen ist abzulesen, dass sie dieser Welt aus Kaschmir und Dätschmir nur allzu gern entfliehen würden, noch wäre Zeit dafür. Aber bleiern drückt die Fessel des Eherings und schmiedeeisern legt sich das gegebene Jawort um das Herz. Froschkönig und eiserner Heinrich zugleich, fügen sie sich in ihr Schicksal, auch zukünftig nur noch als Ablagemöglichkeit zu fungieren. Die Selbstbestimmung in allen Lebenslagen hatten sie schon eine Woche nach dem ersten Kennenlernen an sie abgetreten. Sehnsüchtig suchen sie nach einem Ausweg, doch sie sehen nur die anderen Paare und erkennen: Es ist überall das Gleiche. Ein letztes Lächeln für den Fotografen, an diesen Augenblick will man sich ja noch lang erinnern, dann ist schon wieder Eile geboten, denn Motiv »Bombige Verbindung« vor der Kanone ist frei.

Geschlossene Gesellschaft

Es ist seltsam: Immer, wenn ich eine Ausstellung besuche, bei der moderne Kunst zu sehen ist, beschleicht mich ein befremdliches Gefühl. Ich fühle mich als Ausgestoßener, dem der Zutritt zu einer geschlossenen Gesellschaft verwehrt wird. Fast wie früher, als ich an den Pforten der angesagten Diskotheken der Stadt abgewiesen wurde.

»Tut mit leid«, hieß es da, vom unüberwindbaren Türsteher ausgesprochen, »geschlossene Gesellschaft. Außerdem hast du Turnschuhe an.«

Welch eine Begründung. Wäre die Gesellschaft weniger geschlossen gewesen, wenn ich Sandalen getragen hätte? Oder Gummistiefel? Stöckelschuhe? Ich kapierte recht schnell, dass mein Outfit überhaupt keine Rolle spielte. Die geschlossene Gesellschaft wollte mich nicht, legte auf meine Anwesenheit keinen Wert, schob mich ab in den rastlos fließenden Strom der heimatlosen Nachtschwärmer.

Bei moderner Kunst ist es noch schlimmer. Bei der Betrachtung der Gemälde und Installationen fühle ich, wie etwas Hinterwäldlerisches in mir aufsteigt. Ich komme mir vor wie jemand, der ein Leben lang auf einer abgelegenen Berghütte gelebt hat und der erstmalig mit dem Wunder des elektrischen Lichtes konfrontiert wird. So stehe ich also staunend vor den farb- und formgewaltigen Werken, lausche andächtig den Interpretationen der Kunsthistoriker, blicke rundum in wissende Gesichter, die an den richtigen Stellen lachen oder ihre bewundernden »Ohs« und »Ahs« anbringen und komme immer wieder zu dem Fazit: Niemand ist einsamer auf der Welt als der Laie unter den Experten.

Doch ist es vielleicht ein Wunder, dass ich so wenig Kunstsachverstand besitze? Woher sollte dieser wohl herrühren? Hatte man mir nicht schon in frühester Kindheit klargemacht, dass ich lieber bodenständigen Arbeiten nachkommen sollte? Dass es ratsamer wäre, sämtliche Buntstifte, Wasser-, Öl- und Acrylfarben vor mir zu verbergen, auf dass ich nicht einmal auf die Idee käme, Materialien jeglicher Art durch meinen malerischen Ausdruck unbrauchbar zu machen?

Ich erinnere mich noch sehr gut daran, wie ich im zarten Alter von fünf Jahren vom Kindergarten nach Hause kam, ein Meisterwerk der naiven Darstellung unter dem Arm, dem ich den durchaus zutreffenden Titel »Mann mit Regenschirm« gegeben hatte. Ich präsentierte es stolz meiner Mutter, die es wortlos an meinen Vater weiterreichte, dessen Miene immer nachdenklicher wurde, bis er sich zu dem Kommentar »Oh je« durchringen konnte.

Ovationen hatte ich erwartet, Lob, im schlimmsten Falle ein anerkennendes Kopfnicken, aber ein »Oh je« war nicht zu akzeptieren. Nein, für ein »Oh je« wollte ich mein Talent nicht verschwenden. Von »Oh jes« konnte ein Künstler nicht leben. Picasso wäre wohl kaum zu einem Genie herangereift, hätten seine ersten Zeichnungen nur ein »Oh je« seines Vaters ausgelöst.

Neidisch blickte ich auf andere Familien, in denen Kinder ihren Eltern Zeichnungen zu Geburts- und Feiertagen schenken konnten, die sich darüber freuten, sie sogar mit ins Büro nahmen, um vor den Kollegen damit anzugeben. Mein Vater blieb in dieser Beziehung hart, selbst als ich ihm einen kleinen repräsentativen Querschnitt meines Schaffens in die Aktentasche schmuggelte. Am Abend lagen die Werke wieder auf meinem Bett.

Es folgten weitere wenig ermutigende Erfahrungen, wovon mir eine sehr schmerzhaft in Erinnerung geblieben ist. Im Zeichenunterricht, den ich und einige Kameraden mehr als Bühne für unsere Humoresken nutzten – als Beispiele seien hier die Klassiker »Wer schafft es, mehr Pinselreinigungsgläser auszutrinken, ohne sich zu übergeben?« oder »Bodypainting wider Willen« genannt – wurden wir eines Tages aufgefordert, unseren Tischnachbarn zu zeichnen. Bedauerlicherweise saß ich neben Ferdinand Eisele, der bei einer stattlichen Körpergröße von einem Meter neunzig ungefähr 120 Kilogramm auf die Waage brachte. In seiner Freizeit arbeitete er bei seinem Vater in der Metzgerei und der permanente Umgang mit Schweinsköpfen hatte, wie ich fand, auch seine Mimik erfasst. So zeichnete ich im Schweiße meines Angesichts und unter den strengen Blicken meines Gegenübers. Ich schwöre, dass das Ergebnis mehr als wohlwollend ausfiel, doch es fand beim Modell keinerlei Anklang. Als ich mich von der Gehirnerschütterung erholt hatte, war es mit meiner Motivation, meiner Kreativität in der bildenden Kunst Ausdruck zu verleihen, vorbei. Endgültig. Basta. Finito.

Nun stehe ich also neben diesem Künstler, der mir, obwohl ich ihn wirklich nicht dazu aufgefordert habe, erklärt, dass er nur male, was er sehe. Das Gemälde vor mir stelle also eine Impression des realistischen Alltags in all seinem bürgerlichen Konsens dar. Und während er so auf mich einsalbadert, versuche ich herauszufinden, was ihm da wohl vor die Staffelei gelaufen war. Die schwarze Figur am Bildrand könnte ein Kamm sein, warum er jedoch am Hals einer Giraffe hängt, bleibt mir unerklärlich. Gut, ich bin schon lange nicht mehr im Zoo gewesen, aber sollten Giraffen in der Zwischenzeit wirklich eitle Züge angenommen haben? Verstohlen schiele ich auf das Schild neben der Leinwand, um einen Hinweis, einen Wink zu erhaschen. »Szene 2« steht da und »Mischtechnik«. Nicht gerade hilfreich, aber immerhin schließt der Titel meine rudimentäre Interpretation nicht aus.

»Szene 2« – ich halte Ausschau nach »Szene 1« und »Szene 3«. Womöglich handelt es sich bei dieser Ausstellung um einen Zyklus? Einen Szenenzyklus mit eitlen Giraffen?

»Es ist die reziproke Umkehrung von Perspektive und Linie, die zu einer … wie soll ich sagen … ja einer Art Promiskuität führt.«

Ein Anflug von Lächeln huscht über sein Gesicht.

»Wenn Sie verstehen, was ich meine.«

Klar verstehe ich: Das Bild hängt falsch herum. Ich lege den Kopf schief und versuche meine in Unkenntnis der eigentlichen Sachlage getroffene Auslegung zu revidieren. Natürlich, das war kein Kamm und eine Giraffe schon gar nicht. Wie konnte ich nur so blind sein. Ein weiblicher Akt war das, ganz deutlich. Eine Dame, die kopfunter von einem Baum hängt. Oder von einem Schrank. Oder von einem Trapez. Ich verwerfe den letzten Gedanken wieder, da ich mir nicht vorstellen kann, dass es dem Meister möglich war, eine Zirkuskünstlerin zu überzeugen, ihm nackt Modell zu … ja zu was? Zu stehen? Zu hängen? Und wenn doch, wie lautete die korrekte Frage an die Artistin:

»Entschuldigen Sie bitte, ich bin Maler und male, was ich sehe. Würden Sie für mich Modell hängen?«

Ich muss schmunzeln, was den Kunstschaffenden zur Annahme verleitet, dass ich seinen Ausführungen zustimme. Er zwinkert mir zu und fährt fort:

»Die Interferenz dieser isochromatischen Eruptionen gibt den Figuren eine übernatürliche Plastizität, finden Sie nicht?«

Ich nicke. Weil man eben nickt, wenn man solche Sätze hört. Es ist nicht höflich, wenn man Darbietungen von solcher Eloquenz nicht goutiert. Ich nicke, also bin ich. Höflich.

Er zieht mich weiter zum nächsten Bild und will eben wieder ansetzen, da wird er vom Galeristen unterbrochen, der mit seiner Brille an ein Sektglas klopft. Die Eröffnungsrede. Ich verstehe kein Wort, aber der Künstler lächelt mich hin und wieder zustimmend an, so als wolle er sagen: »Wie ich es Ihnen erklärt habe. Genau so.«

Als der Galerist seine Rede mit den Worten schließt:

»... und nun sollten Sie die Gelegenheit nutzen und die Bilder zu sich sprechen lassen«, höre ich die Stimme meines Vaters.

»Oh je«, sagt sie und ich gebe ihr Recht. Ich verlasse die geschlossene Gesellschaft und bedaure ein wenig, an diesem Abend keine Turnschuhe angezogen zu haben.

Sirenen im Schlaraffenland

Damit eine Lebens- und Wohngemeinschaft problemlos funktionieren kann, müssen einige grundlegende Dinge von Anfang an klargestellt werden. Die Fragen, die eindeutig zu klären sind, lauten: Wer putzt, wer kocht und wer kauft ein? Unschön ist es, wenn nur eine Person im Haushalt dazu verdammt wird, all diese Aufgaben zu übernehmen. Dies führt zu einer temporären Unzufriedenheit, die nicht selten an der Bindung sägt, bis nur noch Späne von ihr übrig sind. Selbst in diesem Fall bleibt die Frage offen: Wer macht das wieder weg?

Auch die Einigung, dass sich keiner der an der Gemeinschaft Beteiligten zu einer Übernahme von Pflichten bereit erklärt, kann auf Dauer nur zu Verdruss und zu einer nicht mehr zu akzeptierenden Unordnung führen.

In der Beziehung zwischen meiner Lebensgefährtin und mir sind diese Fragen geklärt. Wir haben einfache, aber einleuchtende Faustregeln entworfen, die keinerlei Zweifel aufkommen lassen. Wer Unordnung macht, räumt auch wieder auf, wer Dreck macht, putzt, und wer kocht, kauft auch ein. In 95 Prozent der genannten Fälle bin ich gefordert, aber da meine Lebensgefährtin ja eine Nette ist, unterstützt sie mich, wenn es abzusehen ist, dass ich gewisse Dinge nicht mehr auf die Reihe bekomme. Man könnte auch sagen: immer.

Der Einkauf von Lebensmitteln und Haushaltsutensilien jedweder Art ist jedoch mein ureigenes Refugium und ich habe mir darin, das darf ich an dieser Stelle ganz uneitel behaupten, ein gewisses Expertentum erarbeitet. Ich weiß, wo der Sonderangebotshase läuft, bin vor der breiten Masse zur

Stelle und bewahre auch im heißesten Schlussverkaufstrubel den kühlen Kopf eines Rechners.

Manchmal jedoch, wenn auch nur ganz selten, lasse ich mich von den Sirenen des Warenhauses verführen, irre durch die Gänge, anstatt mich auf meine festgelegte Navigation durch die Regale zu verlassen und werde dort Opfer von Verführern, die im Hinterhalt lauern, um Ahnungslose wie mich zu überfallen.

So war es auch an einem Samstagnachmittag, an dem ich bereits zum zweiten Mal das Foyer des Supermarktes durchschritt, um das einzukaufen, was ich bei meiner ersten Tour vergessen hatte. Zwei Stunden später sollten Gäste kommen, die Vorbereitungen liefen auf Hochtouren, das heißt, in Wahrheit lief nur ich auf Hochtouren, weil die Vorbereitungen ohne diese eine wichtige, aber vergessene Zutat nicht so recht vorankommen konnten.

Daher traf mich die Frage: »Mögen Sie Fisch?«, die mir ein junges Mädchen im Matrosenkostüm stellte, etwas unvorbereitet. Sie stand hinter einer kleinen Theke aus Pappe, die wie ein Schiff geschnitten war. Vor sich hatte sie Schalen mit Köstlichkeiten des Meeres aufgebaut und reichte mir eine Riesengarnele, die sie auf einen Zahnstocher gespießt hatte.

»Och, eigentlich schon, aber ...«, sagte ich, wurde jedoch von ihr jäh unterbrochen.

»Dann müssen Sie das hier probieren.« Sie reichte mir das Schalentier, ich nahm und verzehrte es, wollte eben schon eine Dankesgeste senden und weitereilen, da hatte sie bereits den nächsten Spieß in der Hand. Bescheiden wehrte ich ab, doch sie blieb hartnäckig.

»Wenn Ihnen das eben geschmeckt hat, dann werden sie das hier lieben.« Sie strahlte dabei ihr schönstes Matrosinnenlächeln und mein Widerstand schmolz dahin. Dieses Mal war es ein in Knoblauch eingelegtes Flusskrebsschwänzchen, das meinen Gaumen erfreute.

»Wirklich lecker«, sagte ich und schnalzte mit der Zunge.

Sie sah mich abwartend an. Wahrscheinlich rechnete sie mit einer großzügigen Bestellung, doch ich war ja in ganz anderer Mission unterwegs. Ich hätte mich nur bedanken und weitergehen müssen. Das Mädchen hätte einen Moment lang traurig dreingeblickt, dann wäre der nächste Käufer gekommen und sie hätte sich ihm zuwenden können. Stattdessen blieb ich stehen. Mein Zögern ermutigte sie zu einer weiteren Offerte. Dieses Mal war es ein Stück Brot, auf das sie Thunfischcreme gestrichen hatte. Brot und Creme bilden ein überaus schmackhaftes Ensemble, versicherte ich ihr und konnte sie nur durch die Bestellung von einem Kilo Riesengarnelen und Flusskrebsschwänzchen in Knoblauch davon abbringen, mir auch noch ein Lachsschnittchen zu richten. Mit wehenden Tüten eilte ich der Erfüllung meines Auftrages entgegen. Weit kam ich nicht. Ein Herr, der ein schiefgelegtes Barett auf dem Kopf trug und dessen Antlitz ein lächerliches dünnes Bärtchen zierte, versperrte mir mit einem Baguette den Weg. Er hielt es wie eine Zollschranke neben sich und machte keine Anstalten, mich diese Brot gewordene Grenzmarkierung überschreiten zu lassen.

»Oh Monsieur, wir 'aben französische Wochen«, sagte er und verzog seine dünnen Lippen zu einem Grinsen. »Sie müssen probieren unsere Specialités.«

»Oh nein, nein. Ich habe schon genug probiert«, wehrte ich höflich, aber bestimmt ab, doch er begann, mich mit der Brotstange in Richtung seines Standes zu bugsieren.

Dort kostete ich mindestens vier Arten Camembert der höchsten Fettstufe, verzehrte dazu ein halbes Baguette und auf die andere Hälfte ließ ich mir Wildschwein-Pastete schmieren. Das Ganze verdünnte ich mit einer Flasche Chardonnay und einem Gläschen Pastis. Ich rauchte mit ihm zwei Gitanes, die echten mit dem Maisblatt, kaufte ein Poulet, jede Menge Fromage au lait cru, eine Flasche Absinth und war frei. Glücklich kämpfte ich mich weiter voran.

Schwer bepackt wie ich war, hatte der Mexikaner vom Nebenstand ein leichtes Spiel mit mir. Er fing mich mit einem Lasso ein und zerrte mich an seine Bude. Dort verdrückte ich auf sein Geheiß ein paar Enchiladas, wehrte mich auch nicht gegen die Tortillas, die mir seine charmante Assistentin Carmelita in den Mund stopfte und schlug mich auch beim Tequila-Kampftrinken ganz tapfer. Danach fehlten mir beim Wettrülpsen nur vier Dezibel zum Wochenrekord, was mir dennoch einen Preis einbrachte, einen Original-Sombrero, den mir Carmelita sanft auf das Haupt drückte. Ich kaufte Unmengen von diesem und jenem – war jetzt auch schon egal– und wankte weiter. Der ganze Raum drehte sich, mir war schlecht. Von allen Seiten winkten mir Händlerinnen und Händler aus aller Herren Länder zu.

»Probieren Sie«, brüllten sie mich an und hielten mir Schweizer Schokolade, ungarische Salamis, schwedische Kräuter und Russischbrot entgegen.

»Lasst mich in Ruhe«, brüllte ich und kroch auf allen vieren voran. Ich kam nicht so recht weiter, an meinem Bein hing ein Italiener, der mit einer Spaghetti-Peitsche auf mich eindrosch. Ich schüttelte ihn ab und war froh, als mich eine starke Hand ergriff, mir auf die Beine half und mich aus dem

Foyer drängte. Sie führte mich nach draußen, direkt zum Stand der ansässigen Brauerei, die großflächig »das Bier zum Spiel« anpries.

»Was wird hier gespielt?«, krakeelte ich, doch da hatte ich bereits die erste Flasche am Hals. Ich ließ mich nicht lumpen, trank mit dem Braumeister drei Halbe auf ex und trat dann im Torwandschießen gegen ihn an, das ich knapp für mich entscheiden konnte. Während er nur zwei Getränkekisten vom Stapel feuerte, erledigte ich eine Deckenlampe und drei Geranientöpfe vom Blumenstand mit nur einem Schuss. Da ich gewonnen hatte, ließ ich mich mitsamt meinem Preis, drei Kästen Bier zum Preis von zweien, auf einem Hubwagen zu meinem Auto fahren und erreichte nach ungefähr eineinhalb Stunden wieder das traute Heim. Meine Lebensgefährtin wartete schon und war ob meines Zustandes oder auch ob meiner Verspätung sehr verärgert.

»Wo kommst du denn her?«

»Aussem Subbermarkd. Da warn französische Wochn«, lallte ich.

Kopfschüttelnd stieß sie mir den Sombrero vom Kopf und durchwühlte die Einkaufstaschen. Verständnislos betrachtete sie die Leckereien, die ich erstanden hatte und stapelte sie mit einer gewissen Art von Missachtung auf den Küchentisch. Als sie ihr Tun abgeschlossen hatte, sah sie mich mit strengem Blick an.

»Und wo, bitte schön, ist die Butter, die du holen wolltest?«, fuhr sie mich an. Butter, natürlich. Die hatte ich vergessen.

»Buddr war aus«, log ich, doch sie nahm mir die Autoschlüssel ab und verließ Türen knallend die Wohnung.

Nach zwei Stunden kam sie zurück, ich wusste schon nicht mehr, was ich den Freunden erzählen sollte. Außerdem waren die Häppchen, die unsere Gastgeberehre dank meines vorausschauenden Einkaufs gerettet hatten, fast aus.

»Ich hab noch chjemand mi'gebrach'«, faselte sie und schon schoben sich Carmelita, ihr Mann samt Lasso, der Franzose, die Matrosin und der Braumeister durch die Tür. Natürlich hatten sie den Rest ihrer Sonderangebote dabei und so wurde es doch noch ein schönes Fest. Nur der Fisch kam mir ein bisschen hoch.

Em Vorbeilaufa: **Wichtige Mitteilung**

Dame 1: Hen Se des glesa, was der oine gsagt hot?
Dame 2: Noi. Wer denn?
Dame 1: Ha, wia hoißt er denn, der oine da?
Dame 2: I woiß net, wen Sie moinat.
Dame 1: Doch, den kennat Sie au. Der mit derra Blonda verheiratet isch. Im Fernsäh kommt'r au emmer.
Dame 2: Ja moinat Sie an Schauspieler? Oder an Politiker?
Dame 1: Noi, der oine da halt. Herrgott, wie hoißt denn der?
Dame 2: An Fußbäller?
Dame 1: Noi, der des Buach gschrieba hot. Über des Deng.
Dame 2: Was firr a Deng?
Dame 1: Ha, des Deng, wo mer so Zuigs neiduat.
Dame 2: Ah jetzat, i glaub, i woiß, wen Sie moinat. Der mit derra Sängerin zamma isch?
Dame 1: Ha noi, des isch doch koi Sängerin. Beim Radio schafft se halt.
Dame 2: Des isch ja jetzt au egal. Was hat der denn jetzt gsagt?
Dame 1: Wer?
Dame 2: Ha, der mit derra vom Radio.
Dame 1: Jetzt hen Se mi ganz drausbracht. I hans vergessa.

Erst denken, dann meinen

Kennen Sie das auch? Da schlendert man nichts ahnend durch die Gegend, gibt den Gedanken Leine, auf dass sie sich Spielgefährten suchen, an denen sie hemmungslos herumschnüffeln können und schon versperrt Ihnen ein Mikrofon den Weg, dessen Halterin eine Meinung zum interdisziplinären Gedankenaustausch zwischen Omar Ben Kwesi (Außenministerium Nigeria) und Grigol Borungshwili (SC Freiburg) hören will. Möglich ist es aber auch, dass der Interviewer von Ihnen die Relativitätstheorie widerlegt wissen will. Oder in den undankbarsten Fällen ein Statement von Ihnen benötigt, ob Frau und Mann denn nun zusammenpassen oder nicht. Ich weiß nicht, was Sie in solchen Situationen antworten, womöglich sind Sie geistesgegenwärtiger als ich, mein erster Satz beginnt immer mit »Umpf.«

Kein sehr intelligentes Intro, das ist mir bewusst. Es ist meine unbeholfene Version der Politikerfloskel »Ich bin sehr froh, dass Sie mir heute an dieser Stelle diese Frage stellen, da es schon lange an der Zeit ist, darüber zu reden.« Hierin unterscheidet sich der Medienprofi ganz klar vom Laien, denn das wortgewandte Herumlamentieren der Damen und Herren Abgeordneten dient natürlich nur einem Zweck – sie checken die Lage. Wer fragt, welcher Sender steht dahinter, wie viele Wählerstimmen wird mich ein unbedachtes und unausgegorenes Statement kosten, gibt es Möglichkeiten zur Flucht ... Zeitgleich mixen sie Sprachfetzen zu einem Antwortcocktail, fruchtig-witzig, geistreich-herb oder im besten Falle beides. Nicht zu lange rühren und schütteln, denn als schlagfertig gilt derjenige, der im Bruchteil einer Sekunde antwortet.

Während also der eloquente und erfahrene Interviewpartner seinen Kopf aus der Schlinge zieht und mit vielen Worten nichts sagt, steht der Ungeübte da, schaut in die Luft, als ob die Antwort in flammender Schrift am Himmel erscheinen könnte, betrachtet seine Fußsohlen, legt den Finger an und in wenigen Fällen in die Nase, beginnt Sätze mit »Jaaa, also ...« und stottert sich durch seinen Gedankenbrei, der sich unlöslich zwischen die Synapsen geklebt hat. Nur in wenigen Fällen gelingt es, dem medialen Pranger zu entgehen und nicht auf ewig als Volldepp zu gelten, und selbst dann gereicht das Geäußerte in den seltensten Fällen zu Ruhm und Ehre.

Bei Radioumfragen kann man tricksen, indem man die Stimme verstellt, aber bitte versuchen Sie nicht, gewollt witzig zu sein und verschonen Sie uns mit albernen Persiflagen auf Helmut Kohl oder Peter Maffay – schlechte Imitatoren gibt es schon genug. Schwierig wird es, wenn eine Kamera auf den Gefragten gerichtet ist. Dies verleiht nicht nur den Kameramännern, sondern offenbar auch den Mikrofonhaltern ein gewisses Gewicht. Unbarmherzig wird jeder kosmetische Fehlgriff, jede Pustel herangezoomt; dreist werden Unsicherheiten zu infantilen Schenkelklopfern ausgetreten und jedes Zögern als grenzenlose Debilität ausgelegt. Als intelligent gilt nur jemand, der fehlerfrei einen Satz in eine Kamera sagen kann. Eine These, die so natürlich nur auf Otto Normalbefragten und nicht etwa auf TV-Moderatoren und Politiker zutrifft.

Mit ein bisschen Pech geraten Sie dann noch in das »Kabinett der Volltrottel«, das bei Stefan Raab und Konsorten als Running Gag eingesetzt wird. Da nützen selbst gute Anwälte und lukrative Klagen nichts – diesen Makel werden Sie nicht mehr los.

Absolute Vorsicht ist geboten, sollten Sie sich auf ungewohntem oder gar schlüpfrigem Terrain befinden. In diesen Fällen weichen Sie besser den Fernsehteams aus. Sonst ergeht es Ihnen wie einem Freund von mir, der beim Besuch einer Erotikmesse abgefilmt und befragt wurde, ob ihm das, was er so sähe, gefalle. Cool blickte er sich um, zeigte sich angesichts der Blondine, die auf einem Podest in Gynäkologenspreizung gegangen war, unbeeindruckt und antwortete: »Ha jo, des isch älles sehr nett, aber bei ons im Dorf in der *La-Paloma-Bar* laufed schärfere Programme.« Über den Äther ging dieses Interview im Rahmen der Sendung »Wahre Liebe« – einer Erotik-Show, deren hohe Einschaltquote sich aus offiziellen Nichtsehern zusammensetzte. So muss es wohl dem Schicksal zugeschrieben werden, dass ausgerechnet diese Folge in seinem gesamten Freundeskreis einen gewissen Kultstatus erreichte, was ihm kübelweise Spott und Hohn bescherte. Doppeltes Pech, dass auch seine Lebensgefährtin Zeugin des Statements geworden war, ihn jedoch zum Zeitpunkt des Interviews bei der Arbeit wähnte. Und dennoch hat auch diese Geschichte ihr Happy End – er ist jetzt mit der Blondine zusammen.

Schlimmer noch als am falschen Ort ertappt zu werden, wirken bereitwillige Antworten auf sinnlose Fangfragen, das fröhliche Mitmachen beim öffentlichen Liedersingen, Grimassenschneiden und Vorturnen oder ähnliche Dummheiten, die Menschen im Normalzustand niemals tun würden. Dass weiße Kittel ihren Trägerinnen und Trägern eine gewisse Macht verleihen, war mir bekannt, aber Mikrofone genügen dafür offensichtlich auch.

Bleibt zu hoffen, dass diese Erkenntnis nicht in falsche Hirne gelangt – nicht auszudenken, was Parteifunktionäre,

Marketingexperten, Finanzkaufleute und andere Klein- und Großkriminelle mit diesem Wissen anstellen könnten. Darum mein Rat: Nehmen Sie sich die Zeit, um nachzudenken, bevor sie einem Wildfremden, der zufällig ein Mikro dabei hat, bereitwillig Auskunft geben und sich freiwillig ins gesellschaftliche Aus stellen. Und sollte Ihnen keine geistreiche Erwiderung auf idiotische Fragen einfallen, zeigen Sie sich belesen und zitieren Sie einfach Goethe. Das Götz-Zitat geht immer.

No net jubla

Ich erinnere mich gut an das erste Mal. Ich muss zehn Jahre alt gewesen sein, als mich mein Vater in eine Welt einführte, die ich nur aus dem Fernsehen kannte und die mich nicht mehr loslassen sollte: Er nahm mich mit ins Fußballstadion, zu einem Bundesligaspiel des VfB.

Es war ein großer Moment, wie es eben erste Male so an sich haben und ich fühlte mich wie ein richtiger Mann. Ich bekam ein weißes Käpple mit rotem Schirm verpasst, das mich als Teil einer Gemeinschaft auswies, aß meine erste Stadionwurst, trank Fanta und konnte mein Glück nicht fassen.

Wenn mein Erzeuger nun noch ein Händchen bei der Auswahl unserer Plätze bewiesen hätte, wäre alles perfekt gewesen. Doch bei diesem ersten Mal – und es sollten noch einige weitere Begegnungen unter ähnlichen Voraussetzungen hinzukommen – saßen wir inmitten der gegnerischen Anhängerschar und trauten uns aus Angst um die Unversehrtheit unserer Physis kaum zu jubeln. Entwich uns dennoch ein Freudenlaut, wurden wir lautstark zurechtgewiesen, als Laien beschimpft oder einfach nur böse angeblickt. So kam es, dass ich Live-Fußball als eine Angelegenheit abspeicherte, die mit einer gebremsten Euphorie zu betrachten ist.

So war es auch, als ich nach jahrelanger Abstinenz wieder in den Genuss kommen sollte, dem VfB bei seinem sportlichen Treiben zuzusehen. Ein Geschäftspartner hatte mir eine Karte zukommen lassen und so nahm ich auf der Haupttribüne Platz. Ich sah mich um. Nach den Schals und Mützen zu urteilen, weilte ich unter der Anhängerschaft der Roten, eine Wiederholung meines Kindheitstraumas schien ausgeschlossen. Neben mir saß ein harmloser älterer Herr und so freute ich mich auf ein schönes Spiel in einer angenehmen Atmosphäre.

Doch kaum hatte der Schiedsrichter das Spiel angepfiffen, war Schluss mit lustig. Mein Nachbar verzog angewidert das Gesicht und fing an zu bruddeln. In seiner Kritik stand nicht etwa die Leistung des Gegners oder des Schiedsrichtergespanns, sondern die der eigenen Mannschaft.

»Lauf doch Kerle«, brüllte er, als ein Spieler der Roten an der gesamten gegnerischen Hintermannschaft vorbeizog und nur unsanft gebremst werden konnte.

»Herrgott, hot der Blei in de Schuah? Koin Pfennig däd der von mir kriaga«, grantelte er weiter, als der Mittelfeldstar aus 30 Metern einen Lattenkracher abfeuerte.

»Den hätt jo mei Großmuader no neibrocht«, meckerte er, als der Stürmer einen Flugkopfball nach vorausgegangener Ecke in die Maschen beförderte. So ging es weiter, 45 Minuten lang bis zur Pause, ohne eine Unterbrechung. Er schimpfte, maulte, spuckte Galle, und das, obwohl der VfB mit zwei Toren in Führung lag.

Mit dem Pausenpfiff verließ er seinen Platz und ich schöpfte schon Hoffnung, die zweite Hälfte in Ruhe verbringen zu können. Er kam natürlich wieder und panisch sah ich mich nach freien Plätzen um. Doch es war kein Entkommen möglich. Vielleicht hätte ich mich bemerkbar machen müssen, ihn freundlich darum bitten sollen, seine Kommentare nur zu denken und nicht auszusprechen. Doch bevor ich noch das Wort an ihn richten konnte, fing das Spiel und damit seine unablässigen Schimpftiraden wieder an.

So ein Rumgeeiere habe er ja noch nie gesehen – der VfB hatte durch einen geschickten Spielzug mit drei Ballkontakten das Feld überbrückt und brachte nun das gegnerische Tor in Gefahr. Ob der Torhüter in Gedanken schon bei den Weibern im Puff sei – der Schlussmann lenkte einen scharf geschossenen Freistoß durch eine Glanzparade an den Pfosten.

Je weiter das Spiel fortschritt – der VfB führte mittlerweile schon 4:1 –, desto unflätiger wurden die Eruptionen meines Nachbarn. Allmachtsdackel seien sie alle, Jenseitsbachel und Heidablitz, denen man ins Hirn geschissen habe und wenn sie nicht schon bled gsoffa seien, dann gehöre ihnen mal richtig der Arsch aufgrissa. Keiner der Akteure hörte auch nur ein gutes Wort von ihm, obwohl die Roten haushoch überlegen waren und dies auch in Tore umsetzten.

Nach 90 Minuten hatte der Schiedsrichter ein Einsehen und erlöste Mannschaft und mich. Der VfB hatte 5:1 gewonnen. Der Alte saß noch ein Weilchen da, während sich die Spieler von den gnädigeren Fans feiern ließen und schüttelte nur den Kopf. Ein Hintermann klopfte ihm auf die Schulter und sprach ihn an: »Ond, was moinsch Alois?«

Der alte Mann schüttelte abermals den Kopf, machte eine abwägende Geste mit der Hand. Mit zusammengepressten Lippen antwortete er:

»Haja, 's war gar net mol so schlecht. Wenigschdens hen se net so an Scheiß gschpielt wie sonschd.«

Man(n) lernt nie aus (Teil 2)

Meinen kleinen Freund Jan kennen Sie ja bereits. Wenn nicht, stelle ich ihn gerne noch einmal vor: Jan, männlich, dreieinhalb Jahre alt, von Beruf Sohn und Entdecker. Vor allem der letztgenannten Aufgabe wendet er sich mit einer Hingabe, Akribie und Leidenschaft zu, dass man eifersüchtig werden könnte. Für ihn ist alles neu, interessant und einer gründlichen Untersuchung würdig: auf Optik, Haptik, Geruch, Geschmack und vor allem auf Fragilität.

Seine Eltern, die ich schon seit Jahren kenne und die früher sehr sorgsam mit ihrem Eigentum umgingen, legen seit Jans Geburt ein geradezu lethargisches Verhalten an den Tag, wenn der kleine Wonneproppen zur Abrissbirne mutiert. Ein müdes »Jan, lass es halt« und ein gequälter Blick begleiten das Treiben des Sprösslings – Maßnahmen, die sogar Verfechtern der antiautoritären Erziehung ein Hohnlächeln ins Gesicht meißeln würden. Am allerwenigsten scheint es sie zu stören, wenn Jan Gegenstände meines Hausrates, nennen wir es mal: ins Visier nimmt. Ich glaube, dass im Schutz ihrer eigenen vier Wände ein Grund zu sehen ist, warum sie ihren Sohn so oft bei mir abliefern.

Oh, ich schätze meinen kleinen Freund, keine Frage, und könnte ihm auch niemals böse sein. In einer Kinderwelt gibt es eben keine Grenzen, Verbote, vernünftige Entscheidungen oder die Notwendigkeit, einen Mittagsschlaf zu halten. Im Universum der Dreieinhalbjährigen gibt es nur zwei Ziele: Spaß haben und Informationen beschaffen, um die fast noch jungfräuliche Festplatte im kleinen Schädel zu füllen. Und wenn ich schon ein recht unbrauchbarer Spielpartner bin, will ich zumindest meine Pflicht als Aufklärer erfüllen. Aufgrund einiger Geldbeutel und Seelenheil erschütternder Experimente meines Freundes in meiner Wohnung ging ich in letzter Zeit dazu über, unsere Lehrgänge in die freie Natur zu verlegen. Jan ist begeistert. Flora und Fauna sind für ihn ebenso Mysterium und Portal ins Reich der Phantasie wie der geschlossene Raum und seine Fragenflut will kein Ende nehmen. Schnell klärten wir Standards wie »Warum ist der Himmel blau?« und »Schlafen Vögel eigentlich im Sitzen?« und wandten uns wesentlich schwierigeren Themen zu. Denn die Tücke steckt bekanntlich im Detail – das musste ich als Lehrer relativ schnell erkennen. Oder können Sie vielleicht auf Anhieb sagen, warum Kühe und Schafe Gras fressen und Bienen nicht? Warum Schnecken ihre Häuser auf dem Rücken tragen, während der Regenwurm nackt durch die Gegend kriecht? Und warum der Mann so schrecklich wütend ist, nur weil ein kleiner Mensch ein großes Geschäft an seinem Zaun gemacht hat? Tja, hier sind Fachwissen und Einfühlungsvermögen gefordert. Und wenn dies nicht ausreicht oder die Erklärung an eine Peinlichkeitsschwelle stößt, kann dies nur durch Kreativität oder einen schnellen Themenwechsel gelöst werden. So sah ich mich eines Tages genötigt, Jan von der Frage, ob auch Ponys Penisse besäßen und ob diese auch so groß seien wie der von Papa, abzulenken.

»Schau mal ein Eichhörnchen« rief ich aus und für eine Sekunde vergaß Jan die Ponys sowie das Gemächt seines Vaters und sprang dem braunen Fellbündel hinterher. Flugs brachte das kleine Tier einen ausreichenden Höhenunterschied zwischen sich und seinen Jäger. Mein junger Begleiter sah ein, dass er keine Chance hatte, dem Tier den Schweif oder andere Körperteile zu entfernen, kehrte frustriert zurück und entlockte mir sämtliche Kenntnisse über die Gattung *Sciurus vulgaris*. Bei der Frage »Haben Eichhörnchen auch einen Penis?« wollte ich schon wieder die Notbremse ziehen, sah mich panisch nach anderen Lebewesen oder außergewöhnlichen Pflanzen um, besann mich jedoch eines Besseren und gab den Ahnungslosen. Nicht etwa, um wieder zu einer vergleichenden Aussage Nagetier – Homo sapiens genötigt zu werden, sondern tatsächlich aus Unwissenheit oder besser aus Unsicherheit.

Über das Vorhandensein von Geschlechtsteilen bei Kleinstlebewesen konnte ich nur vage Vermutungen anstellen. Im Biologieunterricht wurde zwar darauf hingewiesen, dass eine Fortpflanzung praktiziert werde, nicht jedoch, womit. Offensichtlich bedurfte es dieses Dreieinhalbjährigen, um den Lehrstoff an weiterbildenden Schulen in Frage zu stellen.

Nun, Wissenslücken wie diese werden heutzutage nicht mehr durch ein Studium von Büchern geschlossen, sondern durch das Internet. Und so saß ich in einer ruhigen janfreien Minute am Rechner und tippte die Begriffe »Eichhörnchen« und »Penis« in die Maske der Suchmaschine. Offensichtlich verstand mein elektronischer Helfer nicht, worauf ich hinauswollte: Die angezeigten Adressen hatten mehr mit Bio- denn mit Zoologie zu tun. Hier konnte ich viel über die Beschaffenheit, Einsatzweise und Funktion des männlichen Geschlechtsteiles erfahren, aber die gewünschte Auskunft war nicht dabei. Fünf Minuten blätterte ich im angebotenen Menü, bis ich einen viel versprechenden Hinweis in einer Unterzeile entdeckte: »Eichhörnchen – Penis – anal – Rammler – Möpse« lautete sie und versprach eine bunte Exkursion in Brehms Tierleben. Hier sollte ich mich zum ersten Mal gehörig irren, denn der Click katapultierte mich schnurstracks in Brehms Nachtleben. Bilder von ekstatischen Paaren in allen Stellungen des Kamasutras poppten im wahrsten Wortsinn auf und füllten meinen Bildschirm. Ein Eichhörnchen konnte ich darunter nicht entdecken.

Ich versuchte die obszönen Darstellungen zu verbannen, doch je mehr ich um mich klickte, desto mehr verhedderte ich mich im weltweiten Netz der nackten Tatsachen. Junge Teenager präsentierten sich in Posen, an denen jeder Gynäkologe seine Freude gehabt hätte. Reife Ladies forderten mich zu Aktivitäten auf, die ich bis dahin nur vom Hörensagen kannte und stramme Kerle luden mich ein zum direkten Vergleich.

»Ich will hier raus«, jammerte ich, öffnete und schloss die Seiten, während sich immer mehr Sklavinnen und Sklaven der Lust auf meinem Bildschirm räkelten. Panik ergriff mich. Was, wenn ich in eine Virenfalle geraten war und alle meine Dokumente durch Pornodarstellungen ersetzt wurden? Was würden meine Kunden sagen, wenn ich ihnen statt eines versprochenen Artikels über den öffentlichen Nahverkehr eine mehr als anschauliche Dokumentation zu eben genau diesem lieferte? Verzweiflungsschweiß rann mir über die Stirn. Es gab keinen anderen Ausweg, ich zog den Netzstecker. Mit einem elektronischen Seufzen erlosch das laszive Treiben, ein schwarzes Tuch legte sich über die verwobenen Körper und ich war für einen Moment allein. Nur kurz, denn nach erfolgtem Neustart empfing mich sofort eine vollbusige Schöne und erkundigte sich nach meinem langen Ausbleiben. Schamrot schaltete ich erneut ab.

Der PC-Spezialist, den ich am darauffolgenden Tag kommen ließ, nahm mir meine Geschichte natürlich nicht ab. Er lächelte nur verschmitzt und kommentierte die Schilderung mit einem lapidaren »Des saget se älle.« Ich hätte mir einen Dialer eingefangen, erläuterte er und berechnete für die Entfernung die stolze Summe von 50 Euro.

Gut, Recherche hat ihren Preis, dennoch beschloss ich, zukünftig bei schwierigen Fragen von Jan zu schweigen. Soll er mich ruhig für ein bisschen doof halten – es ist alle Mal billiger, als über alles Bescheid wissen zu wollen.

Em Vorbeilaufa: **Dr Wurm dren**

Frau 1:	Im alda Lade vom Weber hot jetzt a neus Gschäft uffgmacht.
Frau 2:	Jo, der isch ja ewig leer gstanda.
Frau 1:	Des isch wohr. Wissad Se, was da drenna isch?
Frau 2:	Dr Jong hat gsagt: an Combjudr-Lade.
Frau 1:	Aha, ond woher woiß er des?
Frau 2:	Letschd Woch war er dren. Weil er en Wurm ond an Virus ghett hot.
Frau 1:	Oh, die Jonge. 's wär au besser gwäe, wenn er end Abodek ganga wär.
Frau 2:	Ha noi, uffm Combjudr hott er des Zeigs ghett.
Frau 1:	Mit dem moderne Glomb hosch bloss Gschiaß.
Frau 2:	Do hen Se recht.
Frau 1:	I gang nei, net dass Si mi no ansteggat.

Mach die Mücke, Rüsseltier

Der hanseatische Sommer hat gegenüber dem schwäbischen Pendant einen entscheidenden Vorteil. Er verläuft weitgehend mückenfrei. Was im ersten Moment unglaublich erscheint – bieten doch Alster und Elbe geradezu ideale Brutplätze für die kleinen Plagegeister –, hat zwei logische Gründe. Zum einen sind die Sommer in Hamburg nicht so brüllend heiß, zum anderen weht ständig ein laues bis ganz schön kräftiges Lüftchen. Die kleinen Mistviecher müssen sich also an Schilfstengeln oder an anderen Gegenständen festklammern, vielleicht sogar in Uferböschungen kauern, um nicht weggeweht zu werden. Da bleibt wenig bis keine Gelegenheit, dem Wirtstier Mensch auf den Geist und an die Adern zu gehen.

Ich hatte also sieben Jahre Ruhe vor den lästigen Insekten. Mein Körper blieb in dieser Zeit von juckenden Stichen verschont, ich wurde nicht durch dieses nervtötende Geräusch eines Moskitos im Anflug geweckt, alles war gut.

Das änderte sich mit der Rückkehr in meine kleine Stadt. Da wir eher am Rande wohnen und von Feldern und Wiesen anstatt von Fachwerkbauten und Beton eingekreist sind, ließ die erste Begegnung der hieb- und stichfesten Art nicht lange auf sich warten. Mit den ersten wärmenden Strahlen kamen sie. Um über mich herzufallen, mir ihre gierigen Schnorchel in den Körper zu stechen, mich leer zu saugen. Sie raubten mir den Schlaf, spielten mitten in der Nacht mit mir Katz und Maus und saßen wahrscheinlich in irgendeiner verborgenen Ecke, beobachteten mich und lachten sich scheckig über meine unbeholfenen Versuche, sie zu erlegen.

Meine bessere Hälfte bemerkte nichts von meinem nächtlichen Treiben. Sie schlief den Schlaf der Gerechten und wäre selbst dann nicht aufgewacht, wenn ich mit einer Schrotflinte auf Moskitojagd gegangen wäre. Nach stundenlanger Pirsch gab ich auf, legte mich ermattet neben sie und dämmerte dem Morgen entgegen.

Den Wecker hörte ich selten. Auch nicht an dem Morgen, als mich meine Lebensgefährtin rüttelte und mir den Morgengruß »Um Himmels Willen, was ist denn mit dir passiert?« darbrachte. Ich sah an mir herunter. Das, was am Tag zuvor noch mein rechter Arm gewesen war, ähnelte jetzt eher meinem Bein. Rot und angeschwollen ruhte er neben mir wie eine dicke gigantische Larve kurz vor der Verpuppung.

»Mücke«, flüsterte ich schlaftrunken und versuchte den Arm zu bewegen. Er gehorchte mir nicht.

»Sag bloß, du bist allergisch?«, fragte sie und ich zuckte die Schultern. Vor Hamburg war ich es nicht gewesen, doch offenbar hatte mein Immunsystem die für Mückenstiche zuständigen Abwehrstoffe auf Urlaub geschickt.

»Ich rufe den Arzt an«, sagte sie.

Der Arzt erzählte mir etwas von Antikoagulantien, Enzymen und Mucopolysacchariden im Mückenspeichel, die als Allergene wirken könnten, gegen die ich offenbar eine Überempfindlichkeit entwickelt hatte.

»Wie interessant«, sagte ich und betrachtete meinen Arm, der langsam die Ausmaße einer Seekuh annahm. »Und jetzt?«

»Gar nicht so einfach«, sagte der Medizinmann. »Ich denke, ich werde Ihnen systemische Antihistaminika sowie eine Glucokortikosteroid-Lotion verschreiben.« Ich lächelte ihn dankbar an.

»Klingt gut. Ich fühl mich schon viel besser.«

Die Medikamente zeigten relativ schnell Wirkung. Bereits am Abend konnte ich mit meiner Hand Schattenbilder an die Wand werfen – ich hatte mich für einen Mücken verschlingenden Vogel entschieden – ich vollführte Schlagbewegungen mit meinem Arm und bewaffnete mich mit einer Tageszeitung, um die Teufelsbrut, sollte sie es wagen, mich noch einmal aufzusuchen, gebührend zu empfangen.

Dann schalteten die Antihistaminika in die zweite Wirkungsphase. Ich fiel ohnmachtsähnlich in einen tiefen Schlaf und träumte von einem Land aus Eis und Schnee. Ich lief über einen zugefrorenen See, aus dessen Tiefe Millionen Augenpaare glotzten und mit ihren kleinen spitzen Rüsselchen gegen die Eisfläche stießen. Ich lachte, laut und kehlig, schnitt Grimassen, stampfte auf der Fläche herum, was die miesen kleinen Biester immer wilder werden ließ. Ich tanzte ihnen auf der Nase herum, drehte Pirouetten und bemerkte nicht, wie sich erst eines der Untiere durch das Eis pickte, dann noch eines und noch eines. Immer mehr Biester befreiten sich und formierten mir gegenüber dunkle Reihen. Meine gute Laune wich ebenso schnell wie sie gekommen war. Dann ertönte ein Signal, eine Fanfare oder ein Schuss, und sie fielen über mich her. Sie stachen und saugten, bis ich wie ein Schlauchboot, aus dem die Luft entwichen war, dalag. Ein besonders fettes und hässliches Exemplar meiner Peiniger setzte sich auf meine Nase, sah mir direkt in die Augen und sprach mit tiefer Grabesstimme:

»Wir kommen wieder. Verlass dich drauf. Verlass dich drauf. Verlass dich auf ... Verlass di auf ... Wach doch auf, wach doch auf, wach doch.«

Meine Herzallerliebste rüttelte und schüttelte mich, doch ich konnte die Augen nicht öffnen. Meine Lider waren dick und geschwollen. Als ich sie befühlte, zählte ich zehn Stiche.

»Oh je, oh je«, klagte meine Gefährtin. »Auf dich haben sie es ja abgesehen. Du hast wahrscheinlich süßes Blut.«

Ich hätte gerne gelächelt, aber es ging nicht. Meine Lippen fühlten sich an wie zu hart aufgepumpte Fahrradreifen. Einen Moment lang fühlte ich mich wie Dolly Buster, betastete meine Brust – zum Glück hatte sie nichts abbekommen – und machte Klopfzeichen, dass es wohl nun wieder an der Zeit sei, den Arzt anzurufen. Meine Liebste verstand nicht sofort und erst, als ich den gesamten Körper dreimal hochfedern und zurücksinken ließ, merkte sie, dass Handlungsbedarf bestand.

»Ich befürchte, hier müssen wir neben der Einnahme von Medikamenten auch mit Repellentien und Insektiziden arbeiten«, riet Doktor Allwissend.

»Die Repellentien werden direkt auf die Haut aufgetragen und halten die Mückenattacken ab. Die Insektizide wirken auf das Nervensystem und geben den Viechern den Rest.«

Er kicherte irr, kramte den Geräuschen nach zu urteilen in seiner Tasche, ein Feuerzeug klickte und kurz danach stieg mir Rauch in die Nase.

»Hier steht etwas von DDT. Kann ihm das nicht schaden?«, hörte ich meine Partnerin flüstern.

»Aber nein«, versicherte der Arzt, »für Menschen sind diese Substanzen ganz ungefährlich.«

Mit diesen Worten verließen die beiden den Raum.

Es war ein leichter Schlaf und so wachte ich auf, als ich die erste Mücke über meinem Kopf schwirren hörte. Ich riss die Augen auf, blinzelte kurz und sah mich direkt einem Elefanten gegenüber. Der schwang den Rüssel von rechts nach links und wieder zurück, bewegte den Mund und grunzte:

»Jetzt bist du dran.«

Ich schrie, dann rollte ich mich herum, zum Bett hinaus, sah die Tageszeitung liegen, griff nach ihr und schlug damit auf den Bullen ein. Er erhob sich in die Lüfte, ließ wieder dieses gefährliche Sirren erklingen, schwebte um mich herum, während ich fuchtelte und drosch.

»Ich dachte, diese Insektizide geben euch den Rest«, keuchte ich.

»Den Mücken schon, aber uns Elefanten nicht.«

Er setzte zum Sturzflug an, ich hechtete unter das Bett, brüllte wie am Spieß, bis eine Gottesanbeterin auf dünnen Insektenbeinchen zur Tür hereinstakste und mit hoher Fistelstimme rief:

»Wo bist du denn? Wo bist du denn? Mami hat dich zum Fressen gern.«

Als ich aus meiner Ohnmacht erwachte, roch es nach Desinfektionsmitteln. Ich lag in einem weißen Bett in einem kahl dekorierten Raum.

»Wo bin ich?«, fragte ich die weißgekleidete Dame, die an einem Tropf über mir hantierte, dessen Schlauch direkt in meinen Arm mündete.

»In Sicherheit«, sagte sie. »Hier wird Ihnen keine Fliege mehr etwas zu Leide tun.«

»Und was ist mit Elefanten?« fragte ich.

»Hasta la vista«, antworteten die Antihistaminika und zogen mich hinfort in einen tiefen heilenden Schlaf.

Eine Heldin geht baden

In der Badeanstalt meiner kleinen Stadt wurde im letzten Sommer eine Heldin geboren. Es war eine Blitzgeburt und leider währte das Leben im Rampenlicht nicht allzu lange. Was sehr schade ist, denn eigentlich war und ist dieser Ort des Geschehens als Bühne für Heroinnen und Heroen wie geschaffen. Die Stätte des Vergnügens und des Frohsinns liegt an einem Fluss, um genau zu sein, am Neckar, und jeder weiß doch, welche Gefahren in einem nicht stehenden Gewässer lauern. Aus diesem Grund wurde der Ort der Entspannung mit einem Zaun eingefasst, wohl auch, um die Badegäste von der Idee abzubringen, in den trüben Fluten Erfrischung zu suchen oder gar einen Belag für das mitgebrachte »Laugaweckle« herauszufischen.

Unsere Heldin wurde also an einem Tag geboren, der die besten Voraussetzungen bot: Überall grasbüschelrupfender Müßiggang, das rhythmische Klatschen der Arschbombenkaskaden gab dem beruhigenden Singsang der vorbeiführenden Schnellstraße den Beat, prä- und postpubertäres Gezupfe traf auf fein definiertes Muskelspiel und ein Hauch von Pommes rot-weiß rundete das mediterrane Flair ab. Selbst die verbrannte Haut schälte sich an diesem Nachmittag besonders zärtlich.

Plötzlich durchbrach ein greller Schrei die Idylle.

»Om Himmels Willa, er isch en da Fluss ghagelt.«

Lähmendes Entsetzen, die wandernden Blicke kannten nur noch ein Ziel, die Zeit hielt den Atem an. Tatsächlich. Dort. Hineingefallen in den Fluss, hilflos auf- und abschaukelnd, ein Opfer der Strömung, die ihn unbarmherzig mit sich zog.

»Mr miasst ebbes doa!«, forderte eine aufgeregte Stimme. »Warum hilft denn koiner?«

Augen wanderten zum Himmel. Eine Wolke in der Form eines Leguans zog vorbei. Hätte aber auch ein Bolide in einer Steilkurve sein können. Oder der Umzugswagen der ansässigen Karnevalsgesellschaft. War eigentlich der Dreier schon geöffnet?

Entschlossen trat eine kleine Person hervor. Mit stolzgeschwellter Brust, stoischem Blick und feinen Lippenstrichen, die anzeigten, dass keine Widerrede geduldet wurde, schritt sie in Richtung des Unglücksortes. Eine grimmig blickende Tweety-Figur auf ihrem Supergirl-Trikot war ihr unverkennbares Merkmal. Das strahlende Pink ihrer Schwimmflügel verlieh ihr den Retterglanz. Geblendet von dem gleißenden Licht der stahlblauen Gummibänder, die ihr kräftiges Haar in zwei Zöpfe teilten, floh alles Böse der Welt zurück in die Finsternis. Beherzt kletterte sie über den Zaun, reckte die Arme in die Höhe, faltete sie zusammen, senkte das Kinn auf die Brust und verharrte in dieser Position.

Hinter ihr hatte sich eine Wand aus Schaulustigen aufgebaut, die gebannt jede ihrer Bewegungen beobachteten. Eine alles übertönende Stille senkte sich herab. Die Lkws auf der Schnellstraße schlichen auf Zehenspitzen vorbei, das Abflussrohr des Überlaufbeckens stellte das Gurgeln ein, Mütter knebelten ihre Kinder mit Butterkeksen – wer kann schon mit 52 Zähnen im Mund reden?

»Jetzt schpreng halt, Mädle.«

Der Satz fuhr ihr wie ein kräftiger Stoß in den Rücken. Kerzengerade, die Arme weit nach oben gestreckt, das hübsche Köpfchen dazwischen geklemmt, stieß sich die Heldin ab und tauchte, mit den Füßen zuerst – Haltung ist der Heldinnen oberste Pflicht – in die trübe Brühe. Prustend und spuckend erschien sie an der Oberfläche, nahm den in den Fluss Gefallenen ins Visier und näherte sich mit ungelenken Seepferdchen-Schwimmzügen. Die Menge johlte. Sprechchöre legten ihr einen Außenborder an, die kleinen Beinchen wirbelten wie eine Schiffsschraube, die Hände wurden zu Wasserradschaufeln. Den Kopf weit in den Nacken geworfen, schnaubte und keuchte sie sich Zentimeter um Zentimeter an das Opfer der Flut heran. Millimeter nur noch, Nanometer, jetzt. Ihre Ärmchen reichten fast nicht aus, um den voluminösen Leib zu umfassen, doch sie ließ nicht locker und schob den Geretteten vor sich her. Ächzend näherte sie sich dem Rand. Ein weiterer Teilsieg im Kampf Mensch gegen Fluss war errungen. Seiner Beute beraubt, trollte sich das Gewässer und sandte beleidigt stinkende Wellen gegen die Kanalmauer. Mit einem kollektiven »Jaaaaaahhhhh« entspannte sich das Publikum. Helfende Hände zerrten Retterin und Geretteten aus dem Wasser, beide wurden über den Zaun gehoben. Beifall, stehende Ovationen, anerkennendes Schulterklopfen. Die Heldin lächelte perlweiß, machte einen schüchternen Knicks. Vor sich trug sie den aus den Fluten Gezogenen, hielt ihn wie eine Trophäe in die Höhe. Als der Jubel abgeklungen war, kickte sie den Ball zurück zu den Wartenden. Die hatten sich bereits in Hoffnungslosigkeit geflüchtet und warfen sich das Bikini-Oberteil einer Begleiterin zu, die zwischen den Beteiligten umherirrte und versuchte, mit einer Hand das Textil zu fangen, während sie mit der anderen notdürftig ihre Blöße verdeckte.

Sie nutzte den Moment, als das in den Fluss entschwundene Spielgerät wieder auftauchte, eroberte ihr Top zurück und legte es, puterrot ob des plötzlichen Interesses aller Umstehenden, wieder an.

Die Heldin war inzwischen in ihrer Einsatzzentrale aus rotem Frottee angekommen und sonnte sich im Ruhm. Anerkennendes Nicken, nach oben gereckte Daumen waren die Verdienstmedaillen, die sie sich an das Revers hätte heften können, wenn sie eines gehabt hätte.

Doch dem Blitzlichtgewitter der Aufmerksamkeit folgte nur kurz darauf der Donner der Ernüchterung. Mit einem schrillen Pfiff kündigte sich das Gesetz an. Der Richter in Weiß nahte mit eiligem Schritt, schob Zuschauer zur Seite und baute sich vor der Heldin auf.

»Badeverordnung, Hausrecht«, brüllte er in seiner Anklage. Gegen diese hätte die Tapfere verstoßen, führte er heiser aus.

Es sei strengstens verboten, in den Neckar zu springen, auch wenn es sich um Rettungstaten handele. Außerdem sei er der Einzige, dem es qua Amt erlaubt sei, Rettungstaten zu vollbringen. Die Menge war entsetzt. Kollektives Kopfschütteln.

»Wo gibt's denn so ebbes?«, schwang sich eine Dame zur Verteidigerin auf.

»Des isch jetzt wieder amol typisch«, unterstützte sie eine andere. Der Richter in der weißen Robe kannte kein Pardon. Schuldig im Sinne der Anklage. Hausverbot. Das Urteil wurde sofort vollzogen. Schniefend packte die Heldin ihre Retterutensilien zusammen und schlich mit hängenden Schultern von dannen. Traurig seufzte ihr die Menge hinterher. Sie blieb die Siegerin der Herzen, weshalb nun der scharfe Pulvergeruch der Revolte in der Luft lag.

Von allen Seiten wurde der Richter angegangen. So könne man doch nicht mit einer Heldin umspringen. Zu hart und ungerecht sei das Urteil. Wo denn, bitte schön, das Gesetz gewesen sei, als der Ruf nach Hilfe erschollen war. Die Justiz drohte im Würgegriff des aufgebrachten Mobs zu ersticken. Schon zerrten sie an seiner Trillerpfeife und zwirbelten die Kordel, um ihn am Sprungturm aufzuknüpfen. In seinem verzweifelten Rechtfertigungskampf stieß der Richter sein letztes Argument hervor:

»Ja, wellet Sie vielleicht, dass dui Denge mit dem dreckiga Badeozug ins Wasser goht? Des isch doch unappetitlich.«

Die Menge wich einen Schritt zurück. Ein prüfender Blick in die Fluten. Vielleicht war die Entscheidung doch richtig. Das, was dort vor den Augen aller entlangzog, war alles andere als glasklar. Und roch es, seitdem die Heldin auf dem Rückzug war, nicht wesentlich frischer?

Der Kreis um den Gesetzeshüter öffnete sich kleinlaut, ließ ihm eine Rückzugsmöglichkeit. Hätte er ja gleich sagen können, dass es um Hygiene ging.

Die Hitze war inzwischen unerträglich geworden. Mit seiner rohen Kraft presste der glühende Stern die Sonnenanbeter aus, als seien sie Südfrüchte. Nur ein Bad konnte sie vor dem Verdampfen bewahren. Schnell ölten sich die Erfrischungsbedürftigen nochmals ein und sprangen ins kühle Nass.

Romantik für jedermann

Seit jeher stehe ich Kinobesuchen skeptisch gegenüber. Es ist mir nie gelungen herauszufinden, was den Reiz daran ausmacht, für ein horrendes Eintrittsgeld in einem stockfinsteren Saal mit einer Masse unbekannter Menschen einen Film anzusehen, der in einem Jahr eh über den heimischen Bildschirm flimmert. Was kann so toll daran sein, wenn vorlaute Nachbarn bereits zu Beginn des Filmes das Ende verraten und somit den spannendsten Krimi zum seichten Filmchen degradieren? Ist es wirklich witzig, auch die einfallslosesten Pointen von einem völlig überdrehten Publikum totgelacht zu bekommen beziehungsweise gar nicht mitzubekommen, weil die Oberlachwurzen, die den Film natürlich schon kennen, bereits beim ersten komödiantischen Ansatz ihr Gejuchze anstimmen? Und ganz im Vertrauen: Mein selbstgemachtes Popcorn ist sowieso unübertrefflich.

Mein Fazit lautet: Kino ist die unkommunikativste Art der Unterhaltung überhaupt, auch wenn sich hunderte von Leuten zusammenrotten, um sich gemeinsam Filme anzusehen. Meine Lebensgefährtin sieht das anders. Sie liebt es, wenn auch der kleinste Pickel im Gesicht der Leinwandhelden in Cinemascope die Größe einer fiebrigen Eiterbeule bekommt. Begeistert spricht sie von phantastischen Soundeffekten, wenn die Brandbomben direkt in unseren Ohrmuscheln detonieren und mir das Gefühl vermitteln, soeben ein Motörhead-Konzert besucht zu haben. Und natürlich leidet sie mit, wenn ihren Heroen etwas zustößt. Sie ist ganz bei ihnen, in guten und in schlechten Minuten.

In Anbetracht dieser Fakten ist es wahrscheinlich nachvollziehbar, dass meine Liebste für die Auswahl der Filme verantwortlich ist, die wir sehen, und mir eher eine Statistenrolle zukommt. Keine schlechte Position, denn auf diese Weise bin ich von jedem Vorwurf freigesprochen, wenn wir uns wieder einmal den Abend durch ein an Langeweile nicht zu übertreffendes Epos versaut haben, und kann ungebremst Kritik üben. So auch beim letzten Machwerk eines Starregisseurs, der eine Topbesetzung bemühte, um einen vollkommen überzogenen und überbewerteten Kitschstreifen zu drehen, der jedes Klischee über Frauen, Männer und ihre Beziehungen zueinander bediente und meine Begleiterin zum Schluss tief seufzen ließ. Weiß hatte gegen Schwarz gewonnen, es fügte sich zusammen, was zusammengehörte, und alles wurde gut.

»So ein völlig unrealistischer Schwachsinn«, wetterte ich im Hinausgehen, während sie sich ein Tränchen der Rührung aus den Augen wischte.

»Wieso denn? Das war doch schön«, schniefte sie neben mir.

»Abgetakelte Hollywood-Sülze war das«, unterbrach ich sie.

»Wo gibt es denn so etwas: Sie, früh verwitwet, unglaublich reich, schön und ohne charakterlichen Makel trifft ihn, einen sympathischen Verlierer, der überhaupt nichts auf die Reihe bringt, aber unfassbar talentiert und intelligent ist und unter dessen Pennerfassade ein perfekter Körper steckt. Klar, dass sie von Anfang an erkennt, welches Kleinod dort in ihren Mülltonnen nach etwas Essbarem fahndet und ihn bei sich aufnimmt. Er schreibt einen Bestseller und beide leben glücklich bis ans Ende seiner Tantiemen. Völliger Quatsch!«

Meine Liebste wurde ärgerlich.

»Du bist herzlos wie eine ausgenommene Artischocke und gefühlskalt wie eine Thermoskanne«, sagte sie zu mir. »Und darüber hinaus hast du überhaupt keinen Sinn für Romantik.«

Nun, ihre Angriffe trafen mich, wobei ich im letzten Punkt ein Zugeständnis machen muss. Es leuchtet mir zum Beispiel nicht ein, was daran romantisch sein soll, stundenlang der Sonne zuzusehen, wie sie quälend langsam im Meer versinkt. Womöglich noch am Strand, damit man sich im Anschluss daran den Sand aus allen Körperfugen pusten muss. Blumen gibt es bei mir maximal an Geburtstagen, und Rosen vom pakistanischen Rosenverkäufer zu erwerben, ist eh nicht politisch korrekt. Am Ende bin ich noch schuld, wenn der arme Mensch durch diesen Job in die unmittelbare Nähe der Mafia rückt, die den Rosenmarkt schon seit Jahren beherrscht. Außerdem: Wer weiß beim Blumenkauf, wie lange das Gestrüpp schon in den Kühlhäusern gelagert wurde. Wenn die armen Pflanzen nach vier Stunden Aufenthalt in überheizten Räumen die Köpfe hängen lassen, heißt es dann wieder, man habe aus lauter Geiz Ware zweiter Wahl gekauft.

Und dann die Liebesfilme. Gibt es etwas Absehbareres, Einfacheres, Stupideres? Muss eine Geschichte tatsächlich immer in ein Happy End münden oder sollte vielleicht auch mal gezeigt werden, was danach kommt? Die langweilige Hochzeitsfeier, an der sich alle Verwandten wiedersehen, die sich noch nie ausstehen konnten. Die Geburt der Kinder und die misslungenen Versuche, sie zu erziehen. Das erste Gespräch beim Familientherapeuten. Mutters erstes Date mit dem Ballettlehrer der Tochter, Vaters erstes Date mit dem Reitlehrer des Sohnes, der erste Einbruch der Kinder in eine Apotheke,

Sohnemanns erster Amphetaminflash, Schwesterchens erstes Pornocasting ...

»Aha, du hältst mich also für stupide, weil ich Happy Ends mag?«

Ich muss wohl laut gedacht haben, der beleidigte Unterton in ihrer Stimme riss mich in die Realität zurück.

»Aber nein«, beschwichtigte ich. »Das habe ich ja gar nicht gesagt. Aber es überrascht mich, dass du das Muster, nach dem diese Filme konstruiert sind, nicht erkennst. Da gibt es das hässliche Entlein, aus dem ein schöner Schwan wird, der eigentlich jeden Typen haben könnte. Aber nein, Frau Schwan entscheidet sich immer für den tumben kleinen Dorfdeppen, der schon immer für sie geschwärmt hat.«

»Na, dann ist es ja genau wie bei uns«, fauchte mich meine Schöne an. Sprach's, ging ab und schwor, erst wieder ein Wort mit mir zu reden, wenn ich mich nachhaltig in Sachen Romantik gesteigert hätte.

Nun, ich bin ein Mensch, der sein eigenes Verhalten reflektiert und für Anregungen von außen durchaus aufgeschlossen ist. Es konnte vielleicht wirklich nicht schaden, ein wenig Nachhilfe in Sachen Romantik zu nehmen. Vielleicht würden sich neue Sichtweisen für unser gemeinsames Leben ergeben. Ich beschloss, mir dabei helfen zu lassen und schrieb mich in den Volkshochschulkurs mit dem verheißungsvollen Titel »Romantik für jedermann« ein.

An einem lauen Abend im Mai traf ich in einem Klassenraum der hiesigen Volkshochschule mit drei weiteren Laien zusammen, allesamt männlich, was mich nicht überraschte, und lauschte andächtig den belehrenden Worten der Kursleiterin.

»Wann haben Sie Ihrer Frau zuletzt ein Kompliment gemacht?«, fragte sie meinen Nebenmann, der sich als Kalle aus Bottrop vorgestellt hatte.

»Ja, meinen Sie, ich traach dat in den Kalender ein?«, antwortete er unwirsch und outete sich damit als gefühlloser Rüpel, der im Umgang mit der Damenwelt keinerlei Anstand hatte. So die Einschätzung der Kursleiterin.

»Oder Sie!«, die Romantiklehrerin deutete unmissverständlich auf mich, »wann haben Sie Ihre Angebetete zum letzten Mal mit einem exotischen Candle-Light-Dinner verwöhnt?«

»Das kommt jetzt ein bisschen darauf an, was Sie unter exotischem Dinner verstehen«, sagte ich. »Wenn Döner vom Türken um die Ecke auch gilt, dann ist das gar nicht so lange her. Und Kerzen brannten da auch.«

Die Leiterin schüttelte den Kopf. Ich sei emotional völlig verstopft und absolut taktlos, sagte sie.

»Äh, wenn du mache wills amore, du musse esse Pasta und trinke vino«, fiel ihr Antonio, ein untersetzter Italiener mit gegelten Haaren, ins Wort.

»Das gibt forza, wie sagt man auf Deuts...«

»Tinte auf den Füller«, krakeelte Kalle und schlug sich und mir vor Vergnügen auf die Schenkel. Die Kursleiterin verdrehte die Augen.

»Ich sehe schon, ich habe es hier mit ganz harten Fällen zu tun. Da müssen wir ganz von vorn anfangen.«

Es folgte eine dreistündige Abhandlung, was unter dem Begriff Romantik zu verstehen sei. Aphrodisierende Nahrung bei schummriger Beleuchtung, zärtliche Hintergrundmusik, Geschenke, Einladungen, verwöhnende Gesten, Blumen,

Kurzurlaube, neue Kleidung drunter und drüber für sie und ihn, Komplimente, Liebesgeflüster, Briefe, SMS, E-Mails und noch vieles mehr.

»Ha no, des koschd mi jo a Heidageld«, resümierte Jürgen und setzte der Litanei ein vorzeitiges Ende. »I han dengt, des langt, wenn i den Kurs bsuach.«

»Nee, Alter«, klärte Kalle auf, »dat is wie anne Börse. Damit dat Depot in Schwung kommt, musste investieren. Is' doch so, oder nich?«

Er lachte und boxte mich gegen den Arm. Während ich mir die gerötete Stelle rieb, fuhr die Kursleiterin fort:

»Sie müssen ja nicht alles auf einmal ausprobieren. Fangen Sie mit einem kleinen Schritt an.« Sie lächelte.

»Wie wäre es mit einer kleinen Hausaufgabe? Sie setzen mindestens einen Tipp, den ich Ihnen gegeben habe, in der nächsten Woche um und berichten darüber. Learning by doing, wenn Sie verstehen, was ich meine.«

Murrend erhoben wir uns von unseren Sitzen, nur Kalle grinste, wenn auch eine Spur zu schmutzig.

Ich entschied mich für den flauschigen Abend bei Kerzenschein. Bereits am nächsten Tag verließ ich früh das Büro und kaufte ein, um meine Liebste mit einem fürstlichen Abendessen zu überraschen. Mit Hilfe des Internets hatte ich mir eine Liste an aphrodisierenden Nahrungsmitteln zusammengestellt und zu meiner Überraschung entdeckt, dass auch Chilis darunter fielen. »Schärfe löst Schmerz aus und darauf reagiert der Körper mit Ausschüttung von Opiaten«, stand dort zu lesen und weiter: »Dadurch kommt es zu euphorischen und rauschähnlichen Zuständen.«

Das gefiel mir, kam es meinen Kochkünsten doch sehr entgegen, denn ich war für mein Chili con Carne berühmt. So begann ich zu kochen, deckte den Tisch, zündete Kerzen an, legte eine CD mit Entspannungsmusik ein und wartete auf die Ankunft meiner Partnerin.

Die letzte Kerze erlosch gerade, als sie nach Hause kam. Das Chili sah inzwischen aus wie ein Karton, der zu lange im Regen gestanden hatte und ich befürchtete, dass es auch so schmeckte. Der Weißwein hatte Zimmertemperatur und die CD lief bereits zum dritten Mal. Völlig verdutzt betrat sie den Raum.

»Was ist denn hier los? Hattest du Besuch?«

»Leider nicht«, erwiderte ich. »Dann wäre vielleicht das Chili, das ich für dich gekocht habe, nicht in diesem erbärmlichen Zustand.«

»Du hast gekocht? Für mich? Ja, warum denn?«

Ihre Frage zerstörte den letzten Rest meiner romantischen Grundstimmung.

»Ich war mit meiner Mutter essen. Wie jeden Donnerstag. Hat mein kleines Dummerle das wieder einmal vergessen?«

Sie tippte mir mit dem Zeigefinger gegen die Stirn. Wut kroch in mir hoch: Natürlich hatte das »kleine Dummerle« das vergessen. Donnerstags traf sie sich mit ihrer Mutter. Seit Jahren. Aber musste sie sich ausgerechnet an diesem speziellen Donnerstag mit ihr treffen? Konnte es denn keine Ausnahmen geben? Und musste sie ihre temporäre Überlegenheit so überdeutlich ausspielen? Mit Schwung nahm ich den Topf von der Warmhalteplatte und marschierte entschlossenen Schrittes in die Küche, um die Pampe zu entsorgen. Sie merkte mir meine Enttäuschung an und lief hinter mir her.

»Warte doch mal. Ich kann ja wenigstens probieren.«

Sie nahm einen Löffel aus der Schublade der Anrichte, stach ihn in die trocken gewordene Oberfläche des Chilimuses und beförderte eine ordentliche Ladung in den Mund. Sie kaute kurz, dann riss sie die Augen weit auf, wedelte sich mit der freien Hand Luft zu und rang hörbar nach Atem.

»Hoh, schaaaf«, sagte sie und rannte ins Wohnzimmer. Dort erwischte ich sie, wie sie in gierigen Schlucken die Weinflasche leerte. Sie atmete schwer, als sie die Flasche absetzte. Kleine Schweißperlen standen ihr auf der Stirn.

»Mann, wolltest du mich umbringen oder trainieren wir für einen Urlaub in Mexiko?«

Ich traute mich nicht, die Wahrheit zu sagen und darum buhlte ich um Mitleid. Das zog bis dato immer.

»Ich wollte dir eine Freude machen«, sagte ich kleinlaut.

Meine Lebensgefährtin nahm noch einen großen Schluck aus der Weinflasche.

»Das war die schärfste Freude, die du mir je gemacht hast.«

Konnte es sein, dass die Aphrodisiaka in den Chilischoten unstillbaren Durst als Nebenwirkung hatten? Bei meiner Herzensdame schien das der Fall zu sein. Sie leerte die Weinflasche in Rekordzeit, dann hauchte sie mir einen Kuss zu und verschwand leicht wankend im Bad. Sollte dieser Bissen gereicht haben, um ihren Hormonhaushalt durcheinander zu bringen? Ich räumte den Tisch ab und harrte der Dinge, die da kommen sollten. Ihr »Ich geh schlafen« erstickte den Keim, der eben meine unromantische Schale durchbrechen wollte.

»Seien Sie nicht zu enttäuscht«, versuchte mich meine Kursleiterin in der nächsten Unterrichtseinheit zu trösten.

»Sie haben ja eigentlich alles richtig gemacht. Sie haben nur ein ganz entscheidendes Detail übersehen: den richtigen Zeitpunkt. Vielleicht läuft es in der nächsten Woche besser für Sie.«

Damit wandte sie sich an meine Mitschüler, um sie nach ihren Erfahrungen zu befragen. Dabei fiel mir auf, dass Kalle nicht zum Unterricht erschienen war. Offensichtlich war seine Strategie, richtig in das Depot zu investieren, aufgegangen. Für Jürgen nicht. Er hatte seiner Frau schweren Herzens einen riesigen Blumenstrauß gekauft. »Aschdern«, erklärte er, »aber i han doch net wissa kenna, dass dui allergisch isch.«

Seine Investition entfachte heftigen Niesreiz anstatt leidenschaftlicher Gefühle, der Strauß landete im Müll und sein Glaube an die Mechanismen der Romantik wurde in den Grundfesten erschüttert. Lediglich Antonio schwärmte von seiner Woche.

»Ich abe eine Simmer in eine Hotel gebucht, mit alle drum und dran. Dann habe ich Champagner und Pasta komme lasse. Bei eine Schaumbad mit echte Roseblättä in Wasse habe wir getrunke Champagne und gegesse. Und dann viel Amore.«

Er fuhr sich süffisant grinsend durch das fettige Haar. Die Kursleiterin seufzte leise, bevor sie Antonio in den höchsten Tönen lobte. Perfekt sei sein Verhalten gewesen, geradezu beispielhaft.

»Vielleicht ermutigt dieser Erfolg die anderen, es einfach weiter zu probieren.«

»So ein Sträber«, raunte mir Jürgen zu und ich nickte.

Weiter ging der Parforce-Ritt durch die Themen Berührungen, Kosenamen, Interieur, Exterieur – es dauerte fast eine halbe Stunde, bis ich Jürgen die Begriffe erklärt hatte – das Aufspüren von Augenblicken, der Zyklus der Frau, der Zyklus des Mannes, die verschiedenen Arten des Lächelns – hier glänzte Antonio mit 47 Unterarten von überheblich-schleimig bis Sonne, Mond und Sterne. Und natürlich gab es auch wieder eine Hausaufgabe.

»Machen Sie es wie Antonio – schaffen Sie eine erotische Atmosphäre. Ändern Sie das Exterieur. Geben Sie Ihrer Leidenschaft ein neues Zuhause.«

Was dieser finstere Italo-Lover konnte, konnte ich allemal. Ein anderes Exterieur? Bitte schön, konnte sie haben. Ich erinnerte mich an den Wunsch meiner Partnerin, einmal durch die Kanäle von Venedig zu gondeln. Das leise Flüstern der Wellen, die an die Kaimauern schlagen, der Gesang der Gondoliere, das behutsame Dahingleiten im Mondenschein. Natürlich hatte ich keinesfalls vor ins ferne Italien zu reisen, denn wie ich im Tourismusbüro meiner kleinen Stadt erfuhr, gab es auch hier romantische Strecken, die nur mit dem Kanu zu erreichen waren. In den Kanälen des vertrauten Städtchens neue Perspektiven, vor allem an mir, zu entdecken, das würde meiner Liebsten gefallen. Dessen war ich mir sicher.

»Schon wieder eine Überraschung?«, fragte sie misstrauisch, als ich sie auf unseren gemeinsamen Ausflug vorbereitete.

»Keine Angst, es ist nichts, was deine körperliche Unversehrtheit auch nur im Geringsten gefährdet«, antwortete ich zerknirscht. Ihre Reaktion entsprach noch nicht einmal im Ansatz meinen Erwartungen. Zu diesem Zeitpunkt, so hatte ich es mir ausgemalt, hätte sie mir schon um den Hals fallen sollen. Stattdessen zog sie die Augenbrauen hoch, musterte mich, als vermute sie, ich sei Opfer zu großer Sonneneinwirkung geworden. Ich zwang mich zu einem Lächeln.

»Überraschungen sind doch etwas Schönes. Genieße es«, sagte ich zuckersüß.

»Genießen? Meine Zunge ist noch taub von deiner letzten Überraschung«, antwortete sie. Ich schwieg, um den Frieden zu retten.

Als wir das Haus verließen und in Richtung Anlegestelle gingen, hielt sie konstant zwei Schritte Abstand. Wir durchquerten den Park und fanden am Einstieg zur »Tour romantique« fünfzehn Leichtmatrosinnen und -matrosen vor, die uns mit Paddel in Präsentierhaltung begrüßten.

Statt eines jungen Gondoliere erwartete uns ein hutzeliges Männchen mit Dreizack auf dem Kopf, das uns anbellte, dass wir uns unverzüglich ein Paddel schnappen sollten. Andernfalls, drohte er, würde er uns an Stricken befestigt hinter dem Boot herziehen, so mache man das auf See mit Leuten, die zu spät kommen. Er verengte seine Augen zu Schlitzen und knurrte, während wir uns ein Rudergerät aus dem Bootsschuppen schnappten.

»Was passiert hier?«, flüsterte meine Lebensgefährtin und beäugte das Paddel in ihren Händen mit einem unsicheren Blick.

»Na, eine romantische Tour durch die Kanäle unserer kleinen Stadt. Das hast du dir doch schon immer gewünscht«, antwortete ich.

»Hab ich das?«, fragte sie, doch weiter kam sie nicht, denn »Kapitän Raubein« hieß uns fluchend, ins Boot zu steigen.

Unser Kanu schwankte bereits beträchtlich, als die letzte Teilnehmerin, eine etwas überproportionierte Endfünfzigerin, zustieg. Sie trat erst mir, dann meiner Liebsten auf den Fuß, ließ sich auf den freien Platz hinter mir plumpsen und brachte den Kahn dabei fast zum Kentern.

»Habt ihr jetzt alle eure fetten Landrattenärsche in Position gebracht?«, schnauzte der Kapitän und spuckte einen gewaltigen Schwall von dunklem Kautabak-Speichel in den Fluss.

»Dann legt euch mal in die Riemen, ihr verweichlichtes Pack«, kommandierte er und stellte sich wie eine Galionsfigur an den Bug des Bootes.

»Wo haben sie den denn ausgegraben? Ist das hier die schwäbische Variante von *Fluch der Karibik*, oder was?«, maulte meine Freundin leise. »Mit dem unverwechselbaren Depp in der Hauptrolle.«

»Das gehört bestimmt zum Programm«, räumte ich ein.

»Wenn ihr da hinten Luft habt, um große Reden zu schwingen, dann erhöhen wir mal gleich das Tempo«, brüllte Kapitän Depp und schlug einen Takt auf den lederbehosten Schenkel.

»Und starrt nicht mich so an, sondern die Gegend. Wir sind schließlich nicht zum Spaß hier.«

Wir ruderten und schauten, Schweiß strömte aus allen Poren, wir ächzten und wir arbeiteten. Romantik hatte ich mir anders vorgestellt. Ein gewisser Frust setzte ein und benötigte dringend ein Ventil. Es saß geradewegs vor mir.

Ich habe durchaus Verständnis für Menschen, die keinerlei sportlichen Ehrgeiz zeigen, aber das, was der Typ vor mir veranstaltete, war allenfalls »Paddel baden«. Seine Blätter wischten nur sanft über die Wasseroberfläche, lediglich im letzten Drittel seiner Bewegung gab er dem Paddel einen Schwung mit und nässte mich so innerhalb weniger Sekunden von oben bis unten ein.

»Wäre es Ihnen möglich, das Paddel entweder tiefer ins Wasser zu tauchen oder die Bewegung ganz einzustellen?«, sprach ich ihn an. Eine Antwort erhielt ich von ihm nicht, denn wir näherten uns einer Brücke.

»Runter mit euren ausgehöhlten Wassermelonen, sonst krachts im Gebälk«, schnarrte es von vorn. Wir zogen die Köpfe ein und mussten uns fast auf den Boden des Kahns drücken, um keine Fraktur zu riskieren. Ich blickte nach links zu meiner Partnerin, die erst angewidert die Gesäßfalte ihres Vordermannes anstarrte und dann mich kielholte. Ich zuckte die Achseln, versuchte mich an einem Lächeln und sah meine romantische Absicht baden gehen.

»So, jetzt könnt ihr eure Saufnasen wieder von den Planken nehmen«, knurrte der Kapitän. »Und reißt verdammt noch mal eure verklebten Schweinsäuglein auf, nicht dass es wieder heißt, ich hätte euch nichts gezeigt.«

In einem Affenzahn, der Kapitän hatte noch einmal die Frequenz erhöht, rasten wir an idyllischen Gärten und lauschigen Plätzchen vorbei, ächzten unsere Begeisterung in den klaren Herbstnachmittag, zogen die Köpfe ein, bevor wir gegen pittoreske Brücken knallen konnten und kamen schließlich an eine Schleuse.

»So, ihr schlaffen Jammerlappen und Weicheier. Jetzt geht es auf dem Landweg weiter. Der Schleusenwächter, dieses abgetakelte Wrack, hat den Katarrh.«

In unserem Boot machte sich Ratlosigkeit breit. Dass wir auf dem Landweg weiterreisen konnten, war gerade noch nachvollziehbar, aber was war mit dem Boot? Irgendjemand war so unvorsichtig und formulierte diese Frage.

»Das Boot müsst ihr natürlich tragen, du verschrumpeltes Zwergenhirn. Wie soll es denn sonst über die Schleuse gelangen?«

Jeden Moment würde Käpt'n Ahab eine Hand abziehen und darunter käme dann ein Dolch zum Vorschein. Doch meine Angst war unbegründet. Stattdessen kletterte er behend die Leiter an der Schleusenwand hinauf und sah unseren Versuchen zu, das schwankende Gefährt zu verlassen.

»Na prima«, seufzte meine Partnerin und blickte zu unserem Bootsführer empor. »Das habe ich mir also schon immer gewünscht.«

Ich überhörte den spitzen Ton ihrer Bemerkung und wollte mich gerade schon in die Senkrechte begeben, da spürte ich eine Hand an meiner Schulter, die mich herunterdrückte. Die Schwergewichtige hinter mir hatte es besonders eilig, das schwankende Element zu verlassen, erhob sich, fiel, prallte auf den Bootsrand, worauf sich unser Gefährt bedrohlich neigte, aus dem Gleichgewicht geriet und schließlich kenterte.

Käpt'n Hook schüttete sich aus vor Lachen.

»Superidee, das mit der Bootstour«, lautete der Kommentar meiner Angetrauten, als wir dick eingepackt, mit Wärmflasche auf dem Bauch und Fieberthermometer im Mund, im Bett lagen und uns das Grippefieber ausschwitzten. Schlimmer noch als Husten, Schnupfen, Heiserkeit machte uns der nässende Ausschlag zu schaffen, den wir uns durch unser unfreiwilliges Bad im Neckar zugezogen hatten. Dennoch wollte ich nicht aufgeben.

»Wir könnten ja ein Schaumbad nehmen und ich massiere dir den Rücken«, näselte ich. Sie nieste mir mitten ins Gesicht, was ich als klares Nein deutete.

Ein paar Tage später, die geröteten Stellen auf meiner Haut hatten inzwischen aufgehört zu jucken und auch das Fieber hatte die 40-Grad-Marke unterschritten, traf ich Jürgen vor den verschlossenen Toren unseres Unterrichtsraumes.

»Was ist los?«, fragte ich ihn.

»Dr Kurs fällt aus. Guck, do hängt a Zettele.«

»Aus geschäftlichen Gründen fällt die dritte Unterrichtseinheit des Kurses *Romantik für jedermann* leider aus. Ich musste dringend nach Italien«, stand da und ich vermutete, dass Antonio, der schleimige Papagallo, dahinter steckte. Wahrscheinlich hatte er einen Rückfall erlitten und bekam nun eine exklusive Intensivbetreuung.

»Gut, und was machen wir jetzt?«

»Geh mr a Viertele trenka. Des brengt sowieso meh als der Gruschd da.«

Ich konnte Jürgen nur zustimmen, denn, wie sagt der Lateiner so treffend: In vino veritas. An diesem Abend kamen wir der Wahrheit nahe, sehr, sehr nahe.

Als ich kurz nach Mitternacht nach Hause kam, wartete bereits eine von den Toten auferstandene Xanthippe auf mich.

»Kannst du mir mal sagen, was mit dir los ist?«, keuchte sie mich heiser an. »Seit Wochen bist du irgendwie verändert.«

»Das habe ich alles nur für dich getan«, verteidigte ich mich.

»Für mich? Du kochst ungenießbares Essen, während ich nicht da bin. Du buchst halsbrecherische Touren, die uns fast das Leben kosten. Und dann kommst du mitten in der Woche stockbetrunken nach Hause. Und das tust du alles für mich? Vielen Dank aber auch.«

»Weil ich keine herzlose Thermoskanne sein will und auch keine gefühlskalte Artischocke.«

Meine Lebensgefährtin verstand natürlich kein Wort und so erzählte ich ihr alles: von dem Kurs, von den Tipps der Lehrerin und meinen gescheiterten Versuchen, sie umzusetzen, von Kalle, Jürgen und Antonio und von der ausgefallenen Stunde. Es schwallte nur so aus mir heraus, als würde eine Schleuse geöffnet, ich konnte kein Ende finden. Ich redete und redete und redete, die ganze Nacht, wie mir schien. Irgendwann muss ich dann wohl eingeschlafen sein, denn am nächsten Morgen erwachte ich in meinem Bett mit brummendem Schädel und trockenem Gaumen.

Schwerfällig richtete ich mich auf, schaffte es mit großer Kraftanstrengung auf die Beine zu kommen und torkelte aus dem Schlafzimmer. In der Küche rumorte es. Der Duft von Kaffee zog mir in die Nase.

»Na, schon wach?«, empfing mich meine Schöne und hustete.

»War wohl alles etwas viel in letzter Zeit.«

Sie krächzte trocken, was wohl ein Lachen sein sollte.

Sie kam auf mich zu, umarmte mich und hauchte mir einen Kuss auf die Wange.

»Ich habe im Büro angerufen und gesagt, dass du heute nicht kommen kannst«, sagte sie. Sie streichelte über meine Haare und sah mich mitleidig an. »Und ich habe einen Tag Urlaub genommen, damit ich dich pflegen kann.«

Ich drückte sie fest an mich und küsste sie in den Nacken.

»Aber denk mal nicht, dass du dir heute einen faulen Lenz machen kannst. Du hast noch einiges vor dir.«

»Och ne, was denn?« Mit gequältem Blick sah ich sie an.

»Nun, du holst heute deine letzte Unterrichtsstunde in Sachen Romantik nach.«

Sie drückte sich wieder an mich.

»Und heute stehen nur praktische Anwendungen auf dem Lehrplan.«

Em Vorbeilaufa: **Streitkultur**

	(In einem schwäbischen Gasthaus um die Mittagszeit:)
Gast:	Ha Sie, Freilein. Des isch doch koin Roschdbrode, was Sie mir do brocht hen.
Kellnerin:	Noi, Se hen ja au an Schweinebroda bschdellt.
Gast:	Des koh gar net sei. I mog gar koin Schweinebroda. Also kann i koin bschdellt han.
Kellnerin:	Sie hen Schweinebroda gsagt, also han i an Schweinebroda brocht. Baschda.
Gast:	I han aber Roschdbroda gmoint. Mr wird sich doch amol verschprecha dirfa.
Kellnerin:	Wenn i Gedanka lesa kennt, dät i em Zirkus ufftreta. Also, nemmat Se jetzt den Schweinebroda oder et?
Gast:	Von mir aus. Aber 's nächschde Mol ess i wiedr drhoim. Do kommt mi 's Streida billiger.

Fleischeslust mit Vegetarier

Sobald die ersten Sonnenstrahlen die kärchergepflegten Terrassen und Balkone der Bewohner meiner kleinen Stadt erwärmen, werden sie auch schon ausgepackt: die ultramodernen, mehrstöckigen Grillanlagen, auf denen sich vortrefflich totes Getier zubereiten lässt. Die Hausherren mutieren zu zangenschwingenden Chefköchen – das Grillen von Fleisch ist eine uneinnehmbare Bastion der Männer –, während der Damenwelt das Anrichten von Sättigungsbeilagen zufällt. Da wird um die Wette Glut geschürt, gedampft und gewedelt, dass es eine Art hat. Mächtige Lappen füllen Bäuche, werden aufgrund ihrer schweren Verdaulichkeit mit großen Mengen an Alkoholika hinuntergespült, bis der Kopf so benebelt ist wie die Nachbarschaft von den Dunstschwaden der öffentlichen Verbrennung.

Was aber, wenn die spärlich gesäten Sommertage in unseren Breitengraden vorbei sind? Wie kann bei einstelligen Außentemperaturen der Fleischeslust gefrönt werden, ohne Gefahr zu laufen, sich neben der obligatorischen Rauchvergiftung auch noch eine Lungenentzündung einzuhandeln?

Nun, in diesen Fällen greift einer der meistgepflegten vorweihnachtlichen Gebräuche, das gemeinschaftliche Fondueessen. Statt Fleisch auf Holzkohle zu verbrennen, bis es dem Feuerungsgut zum Verwechseln ähnlich sieht, wird es in kleine Brocken geschnitten, auf eine Gabel gespießt und in siedend heißem Fett oder auch in Brühe gebadet, bis es entweder von den Zinken fällt oder auf eine Größe zusammenschrumpelt, die nur noch unter dem Mikroskop erkennbar ist. Aber darum schert sich niemand, auch nicht darum, dass die Spießchen zur Kennzeichnung unterschiedliche Farben tragen. So sucht der wenig erfahrene Teilnehmer ständig nach seiner Gabel, die der Profi natürlich längst vom Fleisch befreit und entweder leer in den Topf zurückgesteckt oder daneben abgelegt hat. Es geht ja bei dieser Aktivität auch nicht um die Sättigung des Einzelnen. Es geht um die Gemeinschaft, um den Spaß, um das Beisammensein.

Meine Lebensgefährtin und ich waren demnach höchst erfreut, eine Einladung zu einem solchen gesellschaftlichen Ereignis zu erhalten. Eine Freundin, die wir lange schon nicht mehr gesehen hatten, lud uns zum Fondueessen ein. Ihre Postkarte endete mit den Worten: »Mitzubringen sind gute Laune und großer Hunger.«

Leider waren wir an besagtem Tag spät dran, denn es konnte keine schnelle Einigung darüber erzielt werden, ob eine eher festliche Robe dem Anlass gerecht würde oder ob einem lässigen Freizeitlook der Vorzug gegeben werden konnte. Wie erwähnt, wir hatten die Gastgeberin schon lange nicht mehr gesehen, weil sie sich durch einen beruflichen Aufstieg in andere Sphären katapultiert und sich von uns vor allem in monetärer Hinsicht entfernt hatte. Waren früher eher mental Gleichgesinnte um einen Tisch versammelt, so waren es jetzt prestigeträchtige Freunde und Bekannte. Rechtsanwälte, Ärzte und Lehrer, sogar ein Kommunalpolitiker samt Gattin hatten sich angesagt. Da galt es, die Form zu wahren, um nicht sofort den modischen Klassenkampf auszurufen. Für Variante B, also locker-leger, sprach die Funktionalität, denn es war zu vermuten, dass dem Umgang mit Saucen und anderen fettigen Substanzen Tribut gezollt werden musste. Nach stundenlangem Gezerfe und Gezerre hatten wir uns dann endlich auf eine Mischform geeinigt und standen mit wenig guter Laune, dafür umso größerem Hunger vor der Eingangstür unserer Gastgeberin.

Drinnen war das Fonduevergnügen schon im vollen Gange. Mit hochroten Köpfen saßen die Gäste um einen reichhaltig gedeckten Tisch, spießten Fleischstückchen auf Gabeln, versenkten sie im heißen Fett, tunkten Brot in Saucen, häuften sich Salate auf und prosteten sich zu. Einer stand am Tischende, schien das Ganze zu überwachen. Ich war mir sicher, dass dies der Kommunalpolitiker war. Wir nahmen auf zwei frei gebliebenen Stühlen an der Tafel Platz und begannen nach Aufforderung der Gastgeberin sofort mit der Spießvorbereitung. Ein kurzer Blick zeigte mir, dass unsere Platzierung nicht hätte besser sein können. Vor uns stand ein zweiter Fonduetopf, mit Gemüsebrühe gefüllt, wie uns mitgeteilt wurde, aber dafür fast jungfräulich an Gabeln. Der andere Pott barst fast aus allen Nähten, so vollgesteckt war er. ›Verstehe einer die Akademiker‹, dachte ich und schichtete zwei Fleischstückchen auf die Zinken meines Fonduebestecks, um eine gewisse Grundversorgung zu gewährleisten. Vorsichtig bugsierte ich den Spieß über den Topf mit Brühe, als ich ein Stechen auf meinem Handrücken spürte. Mein Gegenüber, der mir mit Jochen, Orthopäde, vorgestellt wurde, piekste mich mit seiner Gabel und sah mich feindselig an.

»Denk net mol dran«, knurrte er. Da ich nicht verstand, sah ich hilflos in die Runde. Alle Augenpaare waren auf uns gerichtet, keiner sagte ein Wort. Ich lächelte, ich war mir sicher, dass die Pointe dieser Szene kurz bevorstand. Um meine Unsicherheit zu kaschieren, versuchte ich erneut, meinen Spieß dem heißen Nass zuzuführen.

»Sag amol, hörsch du schlecht?« Der Ton von Jochen wurde rauer, um nicht zu sagen aggressiv. Gleichzeitig verstärkte er den Druck, die Zinken durchschnitten schon die ersten Schichten meiner Epidermis.

»Aua, ja geht's noch!«, rief ich aus und zog meine Hand zurück. »Was soll denn das?«, blaffte ich den rabiaten Doktor an.

Dass Menschen dieser Berufsgattung nicht zu den zimperlichsten gehörten, wusste ich aus eigener Erfahrung, aber dass der Kampf um die Fleischtröge im Gesundheitswesen nun auch noch in der Freizeit ausgetragen werden musste, ging doch eindeutig zu weit. Die Gastgeberin bemerkte, dass zwischen uns eine gewisse Spannung aufkam, eilte zu uns herüber und sagte zu mir:

»Gib mir deine Gabel. Ich bringe sie im anderen Topf unter. Das hier ist Jochens Revier, sozusagen. Er ist nämlich Vegetarier.«

Jochen grunzte zustimmend und sah mich weiter feindselig an. Ich hielt das Ganze immer noch für einen Scherz, lachte, stieß meine Lebensgefährtin an, auf dass sie in meinen Frohsinn einstimme, doch ihre Augen weiteten sich vor Schreck, als ich den Spieß abermals in Richtung Fonduebrühe stieß. Dieses Mal durchfuhr ein bohrender Schmerz meine Hand. Jochens Gabel steckte in meinem Handrücken, aus den beiden Wunden traten Blutströpfchen hervor.

»I han di gwarnt«, fauchte er und zog seine Waffe aus meinem Fleisch. Ich war sprachlos, starrte meine blutende Hand an und sah dann wieder in die Runde. Ein Rechtsanwalt namens Klaus hob seinen linken Arm und zeigte mir seinen Verband, den jemand notdürftig angelegt hatte.

»Kommt doch zu uns rüber«, rief er mir zu. »Wir haben hier noch jede Menge Platz.«

Die Gastgeberin brachte erst Jochen ein neues Besteck – mit seinem Spieß, an dem mein Blut klebte, konnte er natürlich nicht weiteressen – dann mir ein wenig Jod und ein Heftpflaster. An ihren fahrigen Bewegungen merkte ich, dass sie kurz davor war, die Contenance zu verlieren. Ein militanter Vegetarier bei einem Fondue – das versprach ein toller Abend zu werden.

Missmutig stellten wir uns zu dem Kommunalpolitiker, Gundolf mit Namen, der an dem Topf, aus dem ungefähr 30 Gabelstiele ragten, die Koordination übernommen hatte. Er ging ganz in seiner Rolle als Zeremonienmeister auf und regelte den Fondueverkehr nach bestem Wissen und Gewissen.

»So, wem ghört jetzt eigentlich Gelb? Die sen scho so lang dren. Andere wellet ja au.«

Er zwinkerte meiner Partnerin zu, die sich mit einem Lächeln bedankte. Die Inhaberin der gelben Gabeln war mit dem Ergebnis, das an ihren Zinken hing, gar nicht zufrieden.

»Och Menno, das Fleisch ist noch gar nicht durch«, klagte sie und schickte einen Schmollmund in Richtung Gundolf und als dieser nicht reagierte, eine Grimasse zu Jochen. Gundolf ließ sich nicht beirren, nahm meiner Begleitung die Spieße ab und versenkte sie im heißen Fett.

»Dann musch di hinta anstella«, lautete sein Schiedsspruch in Richtung »Gelb«, worauf er sich akuteren Problemen zuwandte.

»Blau muass jetzt raus. Blau bitte die Gable abhola.«

Die Szenerie hatte etwas Unwirkliches. Da saß dieser radikale Fleischhasser vor seinem Privattrog, tauchte ein

Gemüsestückchen nach dem anderen in die Brühe, verzehrte Möhrenscheiben, Broccoliröschen, Paprikastreifen, Auberginenwürfel, während der Rest der Gesellschaft in Erwartung des Fleisches trockenes Brot in Saucen stippte.

Als hätte er meine Gedanken erraten, wandte er sich mir zu.

»Was glodsch denn so bled«, fragte er mich mit vollem Mund. Die Gespräche am Tisch erstarben, lediglich Gundolf meldete sich.

«Grün, Grün, bitte kommen.«

»Ich glotze doch gar nicht«, sagte ich kleinlaut und rieb mir über das Heftpflaster auf dem Handrücken. »Ich hoffe nur, dass es dir schmeckt«, fügte ich mit ironischem Unterton an.

Er nickte stumm und schob sich noch ein Stück Aubergine in den Mund.

»Klar schmeckt's mir. I muass ja au net des halbverweste Gammelfleisch essa. Wie des scho aussieht.«

Die Gastgeberin entließ einen kleinen Schreckenslaut und lief puterrot an.

»Das Fleisch habe ich heute frisch gekauft. Beim Metzger. Aus eigener Schlachtung.«

Jochen schüttelte den Kopf, spießte eine Möhrenscheibe auf und ließ sie im Gemüsesud verschwinden.

»Toll, aus eigener Schlachtung«, sagte er und setzte ein zynisches Lächeln auf. »Hen ihr gwisst, dass die Tiere vor ihrer Schlachtung Stresshormone freisetzat, die sich im Floisch sammlat? Des überträgt sich au auf d Menscha.«

Ich wollte eben schon einhaken, dass ich nicht wissen wolle, was sein Gemüse kurz vor dem Ableben freisetzt, doch Gundolf verkündete mit einem »Zum letzten Mal: Wer ist Weiß?«, dass ich an der Reihe war, mein Fleisch abzuholen. Ich setzte mich an meinen Platz und versuchte, nicht zu Jochen zu sehen, der mit angewiderten Lauten nach Aufmerksamkeit heischte.

»Oh, ond wia des schdengt. Wia em Schdall. Noi, wia auf'm Friedhof, um genau zu sei. I glaub, i muss glei kotza.«

Inzwischen sahen alle Beteiligten um den Tisch herum aus, als würden sie mit ihm dieses Schicksal teilen wollen. Meine Partnerin hatte sich jeglicher Gesichtsfärbung entledigt, schob ihr Fleischstückchen an den Tellerrand und spießte, mehr aus Verlegenheit als aus Hunger, ein Broccoliröschen auf. Sich auf der sicheren Seite wähnend, näherte sie sich Jochens Topf.

»Des lesch aber bleiba«, herrschte er sie an.

»An der Gabel war doch grad no a Stück totes Tier. Glaubsch du mir grausts vor nix?«

Er bleckte die Zähne, meine Lebensgefährtin zuckte zurück, steckte das Broccoliröschen roh in den Mund und sah so aus, als wolle sie demnächst beginnen zu weinen.

»Rot, Rot, wer war noch mal Rot?«, tönte es leise vom Tischende herüber. Schweigend saß die Runde da, die Blicke starr auf die Teller gesenkt.

Die Stille nutzte Jochen, um Aufklärung zu betreiben. Es sei gar kein Wunder, dass die Menschheit mehr denn je unter Rücken- und Gliederschmerzen litte. Bei den ganzen Östrogenen im Fleisch verändere sich nun mal der Körperbau. Männer mit Schmerbäuchen, Frauen mit Riesenbrüsten, das müsse sich doch auf die Haltung auswirken.

»Guck di halt mol om«, sagte er zu mir und deutete mit einer ausladenden Geste auf die anderen Gäste. »Mords-Ranze und solche Denger.«

Er deutete mindestens Doppel-D an. Einige Damen sahen verschämt zu Boden, die anderen überprüften seine Aussage.

Jochen kam immer mehr in Fahrt, der Fleischtopf wurde immer seltener befüllt. Als er bei den Hautkrankheiten angelangt war, die uns Karnivoren früher oder später ereilen würden, orderte ich einen Schnaps. Bei der Beschreibung eines Gehirns nach BSE-Befall nahm ich noch einen, bei den Umweltbelastungen durch Tierkot und andere Ausdünstungen verabschiedeten wir uns, bevor sich meine Fahrtüchtigkeit gänzlich im Klaren auflöste.

»Nehmt doch ein bisschen Fleisch mit. Es ist so viel übriggeblieben«, rief uns die Gastgeberin hinterher, doch da fiel schon die Haustüre hinter uns ins Schloss.

Manche Dinge ändern sich nie

Als ich acht Jahre alt war, besuchte ich mit meiner Klasse eine Backstube. Unsere Lehrerin, Fräulein Isebrecht, vertrat die sehr fortschrittliche Ansicht, dass ein Studium der Materie vor Ort bleibende Eindrücke bei den Schülern hinterlassen würde. Außerdem nutzte sie die außerordentlich günstige Gegebenheit, dass der Bäckerssohn Stefan Häfner zu ihrer Klasse gehörte. So sollten wir live und in Farbe erfahren, wie eine Brezel zur Laugenbrezel wird und wie die Marmelade in die Krapfen kommt.

Ach, vor meinem inneren Auge sehe ich da schon die gesamte Generation Golf gähnen, die natürlich Geheimnisse dieser Art allsonntäglich in der »Sendung mit der Maus« vermittelt bekam. Aber für uns Kinder der »Generation Ford 17 M« war dies ein Großereignis, zumal uns in Aussicht gestellt wurde, eventuell selbst Hand anlegen und die Resultate unseres Tuns gleich verspeisen zu dürfen.

Der Ausflug war ein voller Erfolg. Vater Häfner führte uns durch sein Reich, in dem es köstlich nach frischem Backwerk roch. Vor drei großen Öfen schwitzten die Gesellen und förderten nach und nach Riesenbleche mit Brötchen, Brezeln, Käsekuchen, Schneckennudeln und vielem mehr aus den Bäuchen der Backmaschinen zu Tage.

Wir sahen mit großen Augen zu, wie sie elegant die weißen Teigrollen zu Brezeln schwangen, die Lauge aufpinselten und mit zwei, drei geschickten Handgriffen die offenen Münder der Öfen fütterten. Wir verfolgten, wie sie Spritzen mit Marmelade füllten, um den Berlinern ihr köstliches Innenleben zu verleihen.

Alles zog uns magisch in den Bann und wir löcherten den Bäckermeister mit unseren Fragen: Wie heiß werden die Öfen? Wie viele Brezeln werden dort drinnen pro Tag gebacken? Was kostet so ein Apparat? Wie schwer ist er? Wie viele Berliner isst ein Geselle pro Stunde?

Mit der letzten Frage wurde die heitere Phase des Besuchs eingeleitet, denn der Antwortsuchende, Klassenkasper Knut Witorek, nutzte die gelöste Stimmung, um sein persönliches Programm herunterzuspulen. Er steckte den Finger in die Brezellauge und leckte ihn ab, verzog voller Ekel das Gesicht und genoss das aufbrandende Gelächter. Er versengte sich die Haarspitzen bei dem Versuch, genauere Erkenntnisse über das Innenleben eines Ofens zu erlangen und natürlich war es auch keine gute Idee, ihm die mit Marmelade gefüllte Spritze zu überlassen. Das absolute Highlight seiner Show war jedoch, als er das »Krapfen-Roulette« erfand. In Zusammenarbeit mit einem der Gesellen füllte er Feuersenf in eines der Gebäckstücke, die zum späteren Verzehr durch uns vorgesehen waren. Mit Spannung erwarteten wir die Reaktion des unfreiwilligen Opfers und wir vermuteten, dass es wohl Fräulein Isebrecht gewesen sein muss, denn nur wenige Minuten nachdem das Pfannkuchentablett gestürmt worden war, beendete sie mit hochrotem Kopf und Tränen in den Augen unsere Exkursion.

Dies alles fiel mir neulich wieder ein, als ich an einer Betriebsbesichtigung eines Automobilkonzerns teilnahm. Eigentlich, diese Erfahrung durfte ich wiederholt machen, sind diese Führungen nur wenig aufschlussreich. Teile werden an einer Seite in eine Maschine eingeführt und fallen bearbeitet an der anderen Seite wieder heraus. Der Vorgang, der zur Transformation führte, findet unter Ausschluss der Öffentlichkeit statt. Möglicherweise weiß auch der Vortragende Bescheid, dessen Worte vom Lärm in den Hallen geschluckt werden. Genervte Blicke der Arbeiter, halsbrecherische Aktionen der Gabelstaplerführer, die abgestandene, maschinenölgeschwängerte Luft – all dies sind Impressionen, die nicht unbedingt dafür sprechen, mehr als einmal einer solchen Einladung Folge zu leisten. Aber meistens gibt es nach der Führung ein Büffet, das mühelos alle vorausgegangenen Anstrengungen vergessen lässt.

Diese Führung jedoch war anders, denn die Teilnehmer hechelten geradezu vor Wissensdurst. Sie hingen dem Redner an den Lippen, der sich dadurch genötigt sah, immer weiter auszuholen. Stundenlang verweilten wir an einem Fleck, um dem unermüdlichen Vortrag zu lauschen, und als er gerade enden wollte, kamen wieder die Fragen, die ich offenbar so lange vermisst hatte: »Was kostet das? Wie schwer sind die Maschinen? Wie viele Teile produzieren sie am Tag?« Eine Zahl nach der anderen wurde abgefordert. Messbare Größen, nicht in ihrer Gesamtheit, aber in ihrer Relation vorstellbar: Eine Million – viel. Eine Tonne – schwer. Jede Zahl wurde durch ein geräuschvolles kollektives Einatmen und anerkennendes Kopfnicken begleitet. Plötzlich war ich wieder acht Jahre alt, auf Exkursion durch eine etwas andere Backstube. Ein »Klassenkasper« war auch schnell ausgemacht, der fernab von Redner und Führungsteilnehmern seinem Forschungsdrang im Alleingang nachkam. Er war geradezu besessen von dem Gedanken, alles haptisch zu ergründen und so grabschte er an, was in seine Reichweite kam. Er roch trotz vorausgehender Warnung an Substanzen, die ihm die Härchen in der Nase verätzten und erntete hierfür einige billige Lacher.

Seinen besten Auftritt hatte er, als er nicht glauben wollte, dass Teerpappe nachhaltig an den Händen haften bleibt. Sie blieb haften, sehr zur Freude der Gruppe und offensichtlich auch zu seiner eigenen, denn fortan näherte er sich jedem Teilnehmer mit seinen verschmierten Handflächen und freute sich diebisch, wenn die Opfer aus Angst um die Unversehrtheit ihrer Kleidung die Flucht ergriffen.

Einen Moment dachte ich, meinen alten Schulkamerad Knut wieder zu erkennen, doch ein Blick auf sein Namensschild wies ihn als Dr. Peter Stöfele aus. Wir leiten ab: Doktortitel schützt vor Torheit nicht.

Wie ist es denn nun? Sind Kinder kleine Erwachsene oder Erwachsene große Kinder? Das Erlebte zeigt: Beides ist richtig. In puncto Informationsbeschaffung gibt es offensichtlich zwischen einem Achtjährigen und einem Vierzigjährigen keinen Unterschied. Das Sujet mag sich ändern, die Fragen jedoch bleiben die gleichen. Irgendwann wiederholt sich alles im Leben. Auch was den Humor anbelangt, sind durchaus Parallelen auszumachen. Je einfacher und voraussehbarer die Pointe, desto größer der Lacherfolg. Das war so und das ist so. Manche Dinge ändern sich eben nie.

Das anschließende Büffet blieb übrigens von Stöfeles Späßen verschont. Genau genommen konnte ich ihn nirgendwo entdecken. Wahrscheinlich war er mit dem Reinigungsprozess seiner Hände beschäftigt. Sein Pech. Dadurch verpasste er nämlich meinen Vortrag, den ich auf profundem Fachwissen aufbauen konnte. Schließlich gab es Butterbrezeln und Berliner.

Em Vorbeilaufa:
Zwiebelkuchen schadet der Umwelt

Frau 1: Oh, des Wedder. Oimal isch's z'hoiss, no isch's wieder z'kalt. Mr woiß gar nemme, was mr aziaga soll.

Frau 2: Da hen Se recht. Omeglich isch des.

Frau 1: Des kommt älles von denne blede Rindviacher.

Frau 2: Ha? Was henn denn die Rendviacher met em Rega zom doe?

Frau 1: Hen Se des net glesa? De Rendviacher send schuld am Ozoloch.

Frau 2: Ha noi. Des gibt's doch net.

Frau 1: Doch, 's isch doch in dr Zeidung komma. Wenn dia verdauet, entsteht a Gas. Des hoißt Medan oder so. Ond jedesmol, wenn dia oin fahre lasset, no fangts a zom regna.

Frau 2: Oh je, no hol i schnell d Wesch rai. Mai Rendviach hot heit zom Mittag Zwiebelkucha ond an neua Wein ghet.«